编辑委员会

主　任

沈蓓莉　范卫平

副主任

陈爱民　黄　炜

黎　刚　孙　巍　王　秋　李秀磊　林　云

编委会委员

胡银芳　毛蓉蓉　常　烨　钱　宇　刘　莹

王　洋　杨　隽　张宝玉　洪　博　白　钢

天　时　马　鹏　雷　杨　宋　扬　朱伟雄

高　磊　李　林　权　敬　刘　强　陈　静

徐　林　张　冉　高玮齐　王雅卿　常炯辉

孙文君　黄　俊

目 录

致读者

亲爱的青少年朋友们：

习近平总书记指出，中国传统文化博大精深，学习和掌握其中的各种思想精华，对树立正确的世界观、人生观、价值观很有益处。

宋词是中国文学的瑰宝，是中国文化的骄傲，它与唐诗并列为中国文学史上的"双峰"。《未来讲堂——经典宋词诵读与赏析》这本书是你们学习宋词最好的伙伴，书里的100首宋词都是经过精心挑选的经典之作。在这本书里，你们会遇到豪放派的苏轼，他的词作如同奔腾的江河，充满了壮志豪情；也会遇到婉约派的李清照，她的词作细腻如画，温柔如水。这些经典宋词，有的激励我们勇敢前行，有的教会我们珍惜时光，还有的让我们学会在困境中保持乐观。青少年应多背诵优秀古诗词，以滋养心灵，启迪智慧。

愿你们在诵读中体会"莫等闲、白了少年头，空悲切"的进取精神，在欣赏中领悟"竹杖芒鞋轻胜马，谁怕？一蓑烟雨任平生"的豁达心境。这本书是为你们准备的精神食粮，希望它能激发你们对传统文化的热爱，让你们在学习中坚定文化自信，成为新时代的传承者和创新者。让我们一起走进宋词的世界，感受中华文化的博大精深吧！

诵读人
段 纯

中央广播电视总台CCTV-4中文国际频道主持人。

点绛唇

王禹偁

雨恨云愁,江南依旧称佳丽。

水村渔市,一缕孤烟细。

天际征鸿,遥认行如缀。

平生事,此时凝睇,谁会凭栏意。

王禹偁（公元954年—1001年），字元之，汉族，济州巨野（今山东菏泽）人，晚年被贬于黄州，世称王黄州。太平兴国八年（公元983年）进士，历任右拾遗、左司谏、知制诰、翰林学士。敢于直言讽谏，因此屡受贬谪。真宗即位，召还，复知制诰。后贬知黄州，又迁蕲州，咸平四年（公元1001年）病死。

王禹偁是北宋散文家，散文学习韩愈、柳宗元，诗歌崇尚杜甫、白居易，为"白体"诗人代表。著有《小畜集》。其成就主要在诗歌和散文方面。其诗多反映社会现实，风格清新平易。其词仅传世一首，即为今天我们要赏析的这首词，反映了作者积极用世的政治抱负，格调清新旷远。

《点绛唇》，词牌名，取自南朝诗人江淹《咏美人春游诗》中的诗句"白雪凝琼貌，明珠点绛唇"。此调共三体，均为仄韵，其中正体为双调四十一字，上片四句三仄韵，下片五句四仄韵。

此词作于词人任长洲知县时，时值北宋建国不久，词人胸有抱负，希望将自己的政治理想投身于新王朝的建设之中，然而词人刚直敢谏，因此常遭贬谪。词人以清辞丽笔，描绘了清新的江南风景，也流露出自己的希冀抱负，抒发壮志难酬的苦闷。

起句写景：天色欠佳，淫雨霏霏，愁云在天空中聚合不散，但即便如此，雨下的江南城镇依然风景如画。词人的情绪便从词中隐隐流露，雨和云都是事物，本身不具有情感色彩，只因词人胸中积郁，再以此种心情看风景，便觉得雨和云都被愁绪所笼罩了。南齐诗人谢朓《入朝曲》写道："江南佳丽地，金陵帝王州。"王禹偁用"依旧"二字表明自己是仅承旧说，即所见之景仍不失美丽，透露出一种无可奈何的情绪。接着词人的笔触继续勾勒，刻画出江南水乡特有的风物景观：水岸边有零星的鱼市，偶见一缕炊烟淡淡升起。词人对水乡的静谧做了特殊渲染，兴起内心孤独之感。

承接上片的景物描写，词人将视线抬高，见天边一行大雁飞过，排列整齐，远远看去就如同缀在一起，充满生机。词人见此情景，胸中那无法平息的远大抱负因此激起，冲天远去的大雁，触发的是对"平生事"的联想，想到了男儿一生的事业。然而理想虽然丰满，现实却十分骨感，自己仅为长洲知县。知县，官卑职轻，想要实现建功立业的远大抱负还需要持续不懈的努力。思索到此，词人感叹：我倚栏远眺，恨无知音，愁无双翼，不能像"征鸿"一样展翅高飞。这天下谁能理解我这济世报国的人生理想呢？只能将"平生事"凝聚到对"天际征鸿"的睇视之中罢了。

这首词语言清丽，未加雕饰，交替运用比拟手法和衬托手法，层层深入，含蓄沉厚。它和当时词坛上流行的雍容典雅、柔靡无力的"花间"词风颇为不同，王禹偁对宋初词境的开拓作出了贡献。

（撰稿：江合友）

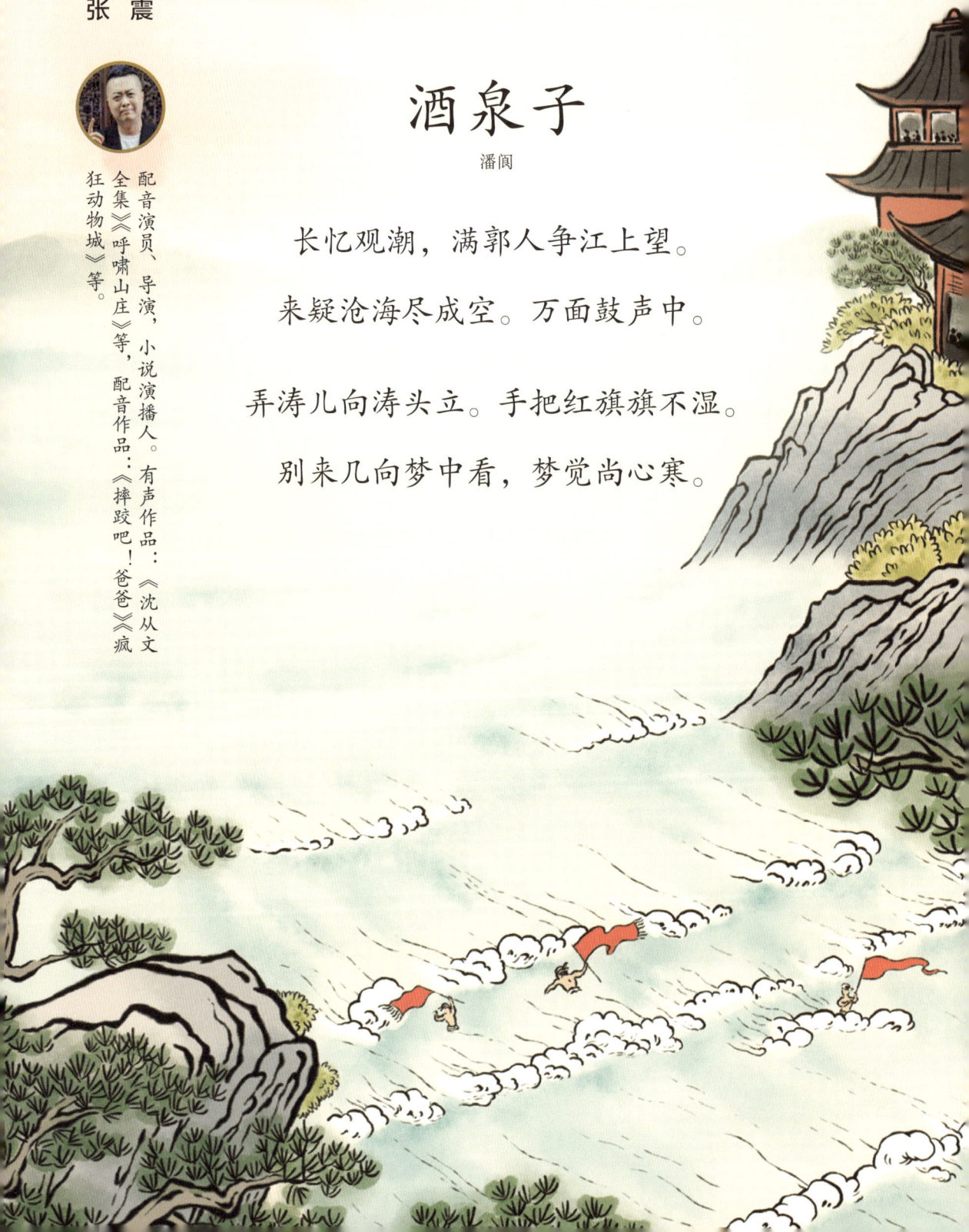

诵读人
张 震

配音演员、导演，小说演播人。有声作品：《沈从文全集》《呼啸山庄》等，配音作品：《摔跤吧！爸爸》《疯狂动物城》等。

酒泉子

潘阆

长忆观潮，满郭人争江上望。

来疑沧海尽成空。万面鼓声中。

弄涛儿向涛头立。手把红旗旗不湿。

别来几向梦中看，梦觉尚心寒。

潘阆（？—公元1009年），字梦空，号逍遥子，宋初诗人。大名（今属河北）人。居钱塘（今浙江杭州）。宋太宗至道元年（公元995年），因诗受荐，赐进士及第，授四门国子博士。后又因狂荡获罪，被贬信州（今属江西上饶）。大中祥符二年（公元1009年），卒于泗州（今安徽泗县）参军任上。有《逍遥集》存世。

《酒泉子》，词牌名，唐教坊曲名，或起源于酒泉郡的小曲。平韵为主，间入仄韵，以温庭筠《酒泉子（花映柳条）》为正体，又名《杏花风》《春雨打窗》等。潘阆此调，因忆西湖名胜，故又名《忆余杭》，四十九字：前片四句两平韵；后片亦四句，两仄韵、两平韵。

潘阆回忆西湖诸胜的词作，一共流传十首，皆为《酒泉子》，今天我们要欣赏的就是其中一首。

宏伟壮观的钱塘江大潮，历来都是杭城人民倾城观赏的奇景，这首词即回忆杭州的观潮盛况。词人开篇就言"长忆"，表明观潮场景给词人的难以忘怀的深刻印象。接着，词人并不赘言，马上将"满郭人争江上望"的盛极一时的观潮场面，生动地展现在我们面前：为了观看奔涌的潮水，满城的人都争先恐后地向江上赶去。人们看到的是什么呢？"来疑江海尽成空"，水天之间一道声如雷鸣的白浪排空而来，仿佛将大海中的水全都倾倒出来了。其声隆隆，其势赫赫，"万面鼓声中"，这震心夺魄的情境就好像万面大鼓齐擂一样，好一个天下至观！"来疑江海尽成空"之夸张，"万面鼓声中"之宏壮，从视觉和听觉两方面来写潮水，气象无前，真可与李白的名句"黄河之水天上来""疑是银河落九天"相比。

词的下片，词人选取了弄潮儿的一个特写画面。一个个勇敢无畏的弄潮儿郎傲立潮头，搏击风浪，他们技艺超凡，在惊涛骇浪中仿佛如履平地，连手中的红旗都未被风浪打湿。"手把红旗旗不湿"，词人在夸赞他们弄潮技巧的同时，也侧面写出了潮水之高涨。正当观潮者惊喜万分、赞叹不已的时候，词人却话锋一转，道出内心的遗憾："别来几向梦中看，梦觉尚心寒。"一个"寒"字由实转虚，梦醒后还心有余悸，余意未尽，给读者以难以磨灭的印象。

武夷人黄静云："潘阆，谪仙人也。放怀湖山，随意吟咏，词翰飘洒，非俗子所可仰望。"他在杭州做官时，还说：《酒泉子》十首……宜镌诸石，庶共其传。"说明潘阆这组写景贴切的《酒泉子》的艺术境界之高超，地方官都愿意将之刻石勒碑，当作西湖胜景的宣传语了。

（撰稿：樊令）

扫描二维码，
收听朱词诵读

诵读人
王俪桦

中国儿童艺术剧院一级演员。曾获中国戏剧梅花奖、文华奖、金狮奖。

望海潮

柳永

东南形胜，三吴都会，钱塘自古繁华。

烟柳画桥，风帘翠幕，参差十万人家。

云树绕堤沙，怒涛卷霜雪，天堑无涯。

市列珠玑，户盈罗绮，竞豪奢。

重湖叠巘清嘉，有三秋桂子，十里荷花。

羌管弄晴，菱歌泛夜，嬉嬉钓叟莲娃。

千骑拥高牙，乘醉听箫鼓，吟赏烟霞。

异日图将好景，归去凤池夸。

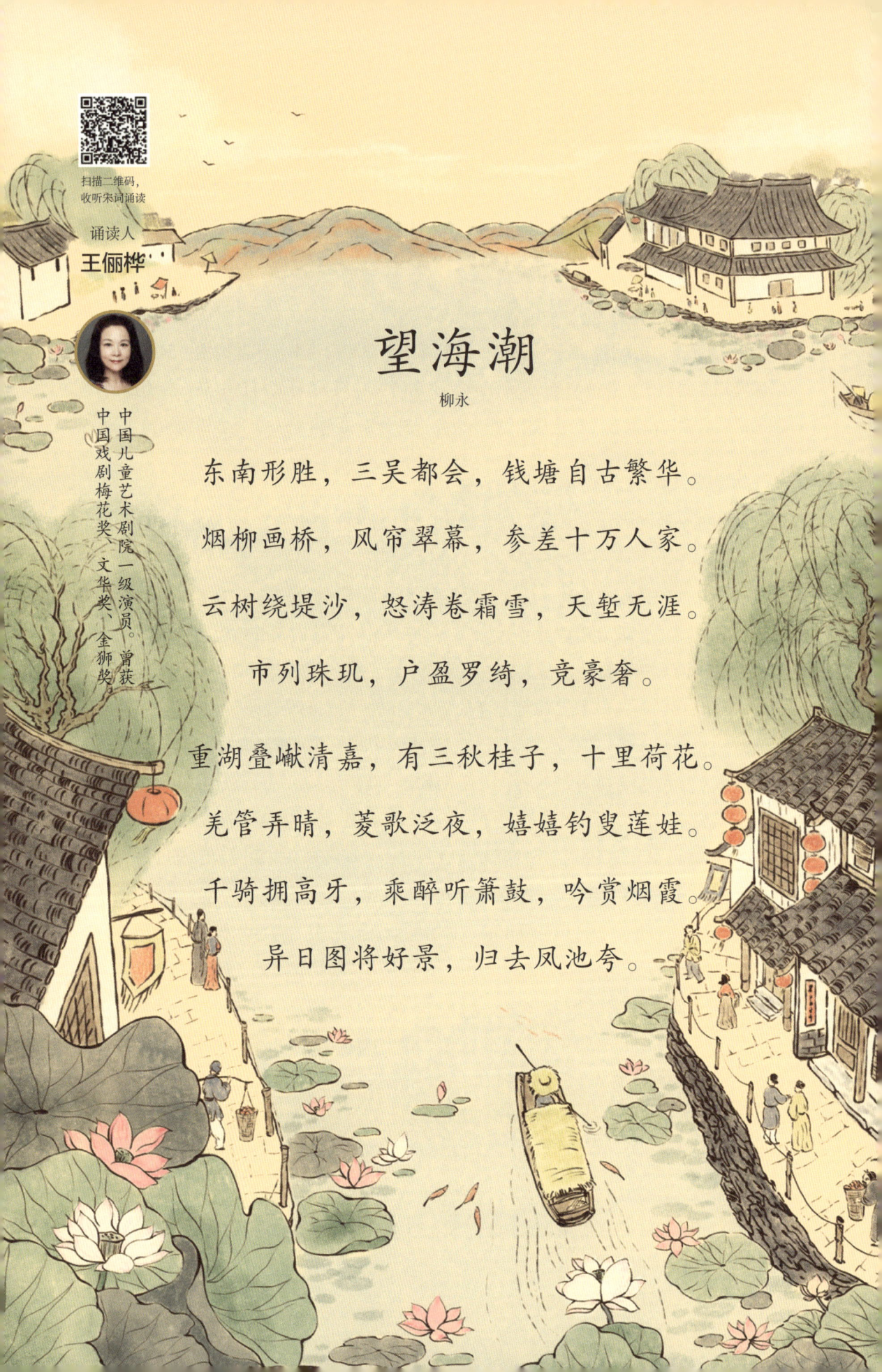

柳永（约公元987年—约1053年），原名三变，字景庄，后改名永，字耆卿，因排行第七，又称柳七。今福建武夷山人。出身官宦世家，少时有用世之志，成年后离开家乡，流寓杭州、苏州，常入勾栏瓦肆、茶坊酒楼，听歌买笑。参加科举考试，屡试不中，直到晚年才得中进士，曾为屯田员外郎，世称柳屯田。之后，历任睦州团练推官、余杭县令、泗州判官等职。

柳永是北宋著名词人，婉约派代表人物。他精通音律，善于汲取民间词的精华。词作大量运用铺排、白描等手法，写景抒情，淋漓尽致，被称为"慢词第一人"。柳永词因朴实无华、情感真挚，深受一般民众喜爱，时人有"凡有井水饮处，即能歌柳词"的赞誉。有《乐章集》传世。

《望海潮》，词牌名。北宋新声，属仙吕调。正体双调一百零七字，上片十一句五平韵，下片十一句六平韵。《望海潮》调名，当由钱塘观潮之意取之，内容本为歌咏杭州的繁华佳美，此后，内容逐渐扩展，题材多元，如表现歌舞升平、酬和祝寿、友情恋情、伤春抒怀等。

这首词描绘的是北宋时期杭州的繁盛与壮美。整首词用笔大开大合、铺陈直叙，音调和谐优美、婉转动听，体现了柳永长调慢词的风格特征。

上片写杭州城与钱塘江景象。起首三句"东南形胜，三吴都会，钱塘自古繁华"点出杭州的地理特点、历史样貌，词人在广阔空间背景上勾勒出杭州古城的胜概。接下来，词人开始从多个方面具体描绘杭州的景观：轻纱似的烟雾中，隐现着枝条柔细的杨柳；街边人家，挂着用翠鸟羽毛装饰的门帘；屋宇鳞次栉比，人烟稠密。钱塘大堤上，一排大树伸向远方，江面怒涛咆哮翻滚。接着，词人笔锋一转，又把人带到街市上：只见家家摆满宝石美玉，户户堆满绫罗绸缎，似乎在竞相炫耀富裕和奢华。

下片重点写西湖风光。西湖山光水色，清秀美丽。秋天桂子飘香，夏季荷花映红。晴天丽日，羌笛悠扬；夜色阑珊，菱歌欢唱；更有老翁垂钓，少女采莲，阵阵欢声笑语在湖面上荡漾。词的最后写达官贵人游湖的场景。庞大的马队簇拥着高高的牙旗缓缓而来，原来是地方长官正在这佳丽胜地畅游。词人写达官贵人对西湖的喜爱，是在用烘托的手法进一步渲染西湖风光的美丽。

这首词境界宏大，意境优美，其中"三秋桂子，十里荷花"两句极富诗意和美感，使人对杭州顿生向往之情。曾有人说，金国南犯中原，欲投鞭渡江，就是因为金主完颜亮读到了这两句词。此乃传说，不必为真，却足见柳词词作造句之美、传唱之广。

（撰稿：路英勇）

蝶恋花

柳永

伫倚危楼风细细。望极春愁,黯黯生天际。

草色烟光残照里,无言谁会凭阑意。

拟把疏狂图一醉。对酒当歌,强乐还无味。

衣带渐宽终不悔,为伊消得人憔悴。

《蝶恋花》，原为唐教坊曲名，后用作词牌名。正体双调六十字，上下片各四仄韵。本名《鹊踏枝》，源于盛唐时期，属于新的燕乐曲。《鹊踏枝》被改为《蝶恋花》，有人认为始于南唐李煜的《蝶恋花·遥夜亭皋闲信步》。此词牌多抒写悲愁离绪，有的也摹写山水风光。此调另有《黄金缕》《凤栖梧》《卷珠帘》《一箩金》等多种别名。

　　这首词是柳永创作的一首著名的怀人之作，抒写了词人漂泊异乡的愁苦，以及对闺人深切的怀恋之情。情景交融，别开生面，具有极强的艺术感染力。

　　上片以登楼望远，引出离愁。孤身漂泊在外，词人登上危楼，迎着微风，极目远眺，仿佛看到一种幽深的"春愁"从天际漫卷而来。"春愁"，既点明了时令，也表示对恋人的怀念。"春愁"来自天际，是因为天际有茫茫一片春草。无边的春草在夕照里氤氲着轻烟似的光色，朦朦胧胧，袅绕缠绵，远远望去，像极了"春愁"的样子。天色已近黄昏，词人依然倚栏伫立，只见春草，不见伊人，千般离愁无人诉说。

　　下片借痛饮狂歌，消解离愁。词人满腔的愁绪无法排解，只好借酒浇愁，期望一醉方休。但是，带着酒意，放声高歌，强颜欢笑，结果又能怎么样呢？一点儿意思都没有。"衣带渐宽终不悔，为伊消得人憔悴。"最后这两句说：就让这无尽的思念一直折磨我吧，哪怕把我折磨得形容憔悴、瘦骨伶仃，我也决不后悔。这是情感的升华，更是生命的呐喊，真是感人肺腑，催人泪下。

　　这首词里的"衣带渐宽终不悔，为伊消得人憔悴"两句，作为表现为爱而不惧相思煎熬的名句，深受人们赞赏。也有人将这两句词引申为一种执着的精神，如清代王国维在他的《人间词话》中谈到，古往今来能成大事业、大学问者，必须经过三重境界，而第二种境界就是"衣带渐宽终不悔，为伊消得人憔悴"。

（撰稿：路英勇）

马　黎

　　中央广播电视总台央广播音指导。参与主持与采编的节目多次荣获中国广播奖，2009年全国广播金话筒获奖者。

苏幕遮·怀旧

范仲淹

碧云天，黄叶地，秋色连波，波上寒烟翠。

山映斜阳天接水，芳草无情，更在斜阳外。

黯乡魂，追旅思。夜夜除非，好梦留人睡。

明月楼高休独倚，酒入愁肠，化作相思泪。

范仲淹（公元989年—1052年），字希文，苏州吴县（今江苏苏州）人。大中祥符八年（公元1015年）进士及第，历任陈州通判、苏州知州、权知开封府等职，官至枢密副使、参知政事。范仲淹曾积极推行"庆历新政"，奉行"先天下之忧而忧，后天下之乐而乐"的为官准则。皇祐四年（公元1052年）于改知颍州途中病逝，谥号"文正"。

范仲淹诗词文皆工，也擅书法。存词虽仅五首，然而题材新颖，描写塞上风光、咏叹历史感慨、抒发自身情怀等，突破了相思言情词的藩篱，为后代豪放词的兴起开辟了先河。今有《范文正公文集》传世。

据俞平伯考证，"苏幕遮"为波斯语的音译，原义为披在肩上的头巾。《苏幕遮》曲，本出西域龟兹国，是七月泼水乞寒表演（泼寒胡戏）的伴奏曲。宋人盖用旧曲另度新声。《苏幕遮》双调六十二字，上下片各七句、四仄韵。别名有《古调歌》《云雾敛》《鬓云松》《鬓云松令》等。

范仲淹的这首词抒发了戍边时的羁旅愁思，对后世影响甚大。元代王实甫的《西厢记》之《长亭送别》一折，化用"碧云天，黄叶地"演绎成曲，词云"碧云天，黄花地，西风紧，北雁南飞"。足见此词脍炙人口，流传广泛。

抒写羁旅乡思之情，基本难以跳出传统的离愁别恨范围，但此词意境阔大，堪称少有。当时范仲淹在西北边塞的军中任陕西四路宣抚使，抵御西夏进犯，边关秋景，引起作者乡关之思。词的上片写秾丽阔远的秋景，暗透乡思。作者用碧云高天、碎叶满地、寒潭秋色、斜阳点水、芳草无际等几个意象，铺设出一幅边塞秋景图。风景是美丽的，而景物是萧瑟的，给人的感觉是苍凉的。芳草萋萋，绵绵无际，芳草这一意象，从汉乐府"青青河畔草，绵绵思远道"再到唐代牟融"天涯芳草动愁心"，都与念远、思归相联系。范仲淹借这无涯的芳草，将眼前所见的愁心一直延续，直到乡关所在，仿佛沿着这条绵延的路，将士征人们就能得以归乡，守着高堂家小，耕织自足。

词的下片抒情，承接上片词意，紧承芳草天涯，直接点出"乡魂""旅思"，抒发征人念归之情。"黯乡魂，追旅思。夜夜除非，好梦留人睡。"对家乡的深沉思念使作者黯然神伤，这愁思寻尽百法也不得排遣，要如何才能消解呢？只有在安枕团圆的梦里。然而，一个愁思满腹的人如何能够安享好梦呢？这无从调和的矛盾使得词中悲凉的基调更加浓郁。"明月楼高休独倚，酒入愁肠，化作相思泪。"作者不得好梦，夜深难寐，月照高楼，最适合凭栏远眺。然而如此美景却只能辜负，因为如此望远，惆怅之情则愈添。末句写欲借酒消愁，却愁绪更浓，欲遣乡关之思，却乡思更深，此处结句，愁到最浓，情到最浓，意味亦最浓。

这首词上片写景，下片抒情，是词中常见的结构和情景结合的方式，其特殊性在于阔远之境、秾丽之景、深挚之情的融合统一。其用语与手法虽与婉约之词类似，意境情调却接近言志之诗。

（撰稿：江合友）

渔家傲·秋思

范仲淹

塞下秋来风景异,衡阳雁去无留意。

四面边声连角起,千嶂里,长烟落日孤城闭。

浊酒一杯家万里,燕然未勒归无计。

羌管悠悠霜满地,人不寐,将军白发征夫泪。

《渔家傲》，因晏殊词中有句"神仙一曲渔家傲"流传很广，所以后面的"渔家傲"三字就被作为词牌。此调正体双调六十二字，上下片各五仄韵，本用来抒写渔父逍遥散虑的忘机心境，范仲淹此首《渔家傲》开辟了豪健悲慨的写法。

宋康定元年（公元1040年）至庆历三年（公元1043年）间，范仲淹任陕西经略副使兼延州知州。在镇守西北边疆期间，他深为西夏所惮服，称他"腹中有数万甲兵"。这首词就是他身处军中的感怀之作，描写了边地苍凉萧瑟的风光，抒发爱国抗敌的决心以及对远乡的思归情怀。

词人生于河北，长于山东，对于西北边塞风景较为陌生。上片起句以一个"异"字渲染塞上奇特而萧瑟的风光，边地苦寒风重，大雁尽数南归，千丈高山连绵不尽，在黄昏夕阳的映照下显得格外苍凉。上片末句牵挽到对西夏的军事斗争。"长烟落日"四字写出了塞外的壮阔风光，很容易使读者联想起唐代诗人王维的"大漠孤烟直，长河落日圆"。"孤城闭"三字更点出了当时军情的紧急，在凄凉萧瑟的自然景观之外，隐隐地透露出对宋朝不利的军事形势。千嶂、孤城、长烟、落日，这是所见；边声、号角声，这是所闻。词人把所见所闻连缀起来，展现在读者眼前的是一幅充满肃杀之气的战地风光图。

词的下片抒情。起句"浊酒一杯家万里"，是词人的自抒怀抱，他身负重任，防守危城，天长日久，难免起乡关之思。"一杯"与"万里"之间形成了悬殊的对比，一杯浊酒，消不了浓重的乡愁，造语雄浑有力。"燕然未勒归无计"表达建功立业的理想，战争没有取得胜利，还乡之计无从谈起。"羌管悠悠霜满地"是夜景，在时间上是"长烟落日"的延续。深夜不眠，听到抑扬的羌笛声，看到地上铺满了秋霜，作者结合了眼睛和耳朵这两种感官的刺激，所见是冻霜满地，所闻是羌管悲鸣，视与听的结合更扩大了全词所传递出的苍凉感。下片末句点题，将军和征夫怀抱着同样的思想感情，希望取得伟大胜利，而战局长期没有进展，妻子、儿女魂牵梦绕，又难免思念家乡。爱国激情、功业理想、浓厚乡思，兼而有之，构成了将军与征夫的矛盾情绪。

这首词是北宋前期为数不多的边塞词之一，豪放悲壮，有唐人边塞诗之遗风，可谓大手笔。以词史观之，其沉雄开阔的意境和苍凉悲壮的气概，是后来以苏轼、辛弃疾为代表的豪放词之先声。

（撰稿：江合友）

李野墨

70年70人·杰出演播艺术家，中广联合会有声阅读委员会专家组成员。长书演播代表作：《平凡的世界》《白鹿原》等。

中央人民广播电台播音指导，长年担任《新闻和报纸摘要》《全国新闻联播》主播。70年70人·杰出演播艺术家。

采桑子

晏殊

时光只解催人老，不信多情，

长恨离亭，泪滴春衫酒易醒。

梧桐昨夜西风急，淡月胧明，

好梦频惊，何处高楼雁一声？

晏殊（公元991年—1055年），字同叔，今江西抚州人。十四岁以神童入试，赐同进士出身，历任秘书省正字、太子舍人、知制诰、翰林学士等职，官至集贤殿大学士、同平章事兼枢密使。至和二年（公元1055年）病逝，享年六十五岁，谥号"元献"。

晏殊工诗文，尤擅词体，以小令为最佳，后世尊其为"北宋倚声家初祖"。其词风含蓄婉丽，与第七子晏几道分别被称作"大晏""小晏"，又与欧阳修并称"晏欧"。有《珠玉词》《晏元献遗文》等传世。

《采桑子》双调，正体四十四字，上下片各三平韵。唐教坊有大曲《杨下采桑》，配有歌舞。此调大概就是从《杨下采桑》大曲中截取一遍而成，也称"摘遍"。《采桑子》另有别名《丑奴儿》《丑奴儿令》《罗敷媚歌》《罗敷媚》等，可见其调名可能取自汉乐府《陌上桑》"罗敷喜蚕桑，采桑城南隅"。据考证，五代和凝的《采桑子》（蝤蛴领上诃梨子）为创调之作。

晏殊的这首《采桑子》很有意思，它未集中在一情一事，而是抽象出一个敏感多情的主人公，将"他"对时光易逝、离愁别绪以及伤春悲秋的深沉感伤全部安放在这首小词中，细腻曲折，流畅自然，亦感人至深。在结构上，他也匠心独运，上片写春恨与离别，下片写秋愁与相思，上下连属，突出凄凉而忧伤的主题。

大凡敏感之人，周边事物稍有变化便会最先感知。就像两千三百多年前的屈原，日升月降、春秋代序都会令他感慨"日月忽其不淹兮，春与秋其代序"。词中的主人公也是这样，他用微微怨怪的口气对时光说："你呀你，就想着每天催人变老，从来不信我有多么烦恼。但你看长亭连着短亭的送别令我黯然销魂，借酒浇愁盼望着一醉解千愁，却不想梦中泪落，滴湿了春衫，让我骤然惊醒，忧伤更甚。"上片将春天的别情投射到向时光的自陈中，婉转流畅，浑然舒展，既刻画了忧伤的主人公，又点出了忧伤之源，无非时光、离别与春恨。

都说时光也可以治愈忧伤，或许到了秋天，忧伤就会结束。过片将镜头一下拉到秋天，"一夜霜风凄紧"，梧桐叶凋残零落，衰飒之感跃然纸上。西风刮得月华晕黄，朦朦胧胧，正是好梦时节。可是，忧伤还是如影随形，频频搅碎"我"的好梦，提醒"我"还有远行的人要思念。恰在此时，不知何处高楼之上，大雁飞过，远远地发出一声高亢的叫声。每当"雁字回时"，总能让人想到远方的来信，这雁叫虽只有一声，却也划破凄凉忧伤的夜空，振奋了沉闷抑郁的精神，带来了无限的希望。

词以"雁一声"作结，正是晏殊小词抒情含蓄克制的"温厚"，每每忧伤流溢之时，他总会给读者指向一个情绪的出口，使人不致过度哀伤，比如这首词中的"雁一声"，比如《浣溪沙（一向年光有限身）》中的"不如怜取眼前人"。正是这种敦厚，才令"大晏"词独具明净高华的气质，让人欣赏不已。

（撰稿：王贺）

扫描二维码，
收听宋词诵读

诵读人
扈茜茜

中国国家话剧院一级演员，配音导演，声音表演者。参演的广播剧多次获得国家『五个一工程』奖和中国广播电视大奖，连续三年获飞天奖优秀译制片奖。

浣溪沙

晏殊

一曲新词酒一杯，去年天气旧亭台。

夕阳西下几时回？

无可奈何花落去，似曾相识燕归来。

小园香径独徘徊。

《浣溪沙》，原为唐教坊曲名，后用为词牌名。此调有平仄两体，正体双调四十二字，上片三句三平韵，下片三句两平韵。关于词牌名，人们多认为源自春秋时期越国浣纱女西施的故事，所谓浣溪沙就是"浣纱溪"，本意为吟咏西施浣纱的溪水，逐渐扩展到闺情、相思、隐逸、羁旅等题材。其风格音节明快、朗朗上口、婉转含蓄。《浣溪沙》词牌还有许多别名，比如《满院春》《醉木犀》《广寒枝》《试香罗》等。

这首词是宋初小令中脍炙人口的一首。整首词抒发了词人伤春的惋惜情绪，表达了时光流逝的无情与词人试图追挽的无力。关于伤春，早在《诗经》中就有不少表达，比如被钱锺书先生视为最早伤春诗的《豳风·七月》，即"春日迟迟，采蘩祁祁。女心伤悲，殆及公子同归"。一度绚烂无比的春日即将过去，总会让人想起曾经热闹的人事在慢慢变得寂寥，而意气风发的我们也终将变老。这首词就诠释了这样一个令人伤感的主题。

词人通过人事与春景的交错描写，淡淡地、轻轻地渲染出一抹忧伤的色彩，在读者心中留下朦胧惝恍的美与永恒不变的理。上片写人事。听上一曲新词，饮上一杯淡酒，悠闲自得的富贵气从笔端缓缓流出。然而不经意间，去年如此天气，如此亭台所遇之人、所经之事乍然闯进脑海，回忆在来回穿梭中摇曳生姿，直到夕阳西下。词人多么盼望着能够留住夕阳西下的步伐，却无从遮挽，只好怯生生低问："几时回？"有人回答吗？自然没有。

过片"无可奈何花落去"关合上片的"几时回"，从落花入手，写夕阳一去不复返、落花一落便入尘埃。只有翻飞的燕子"似曾相识"，关合上片"去年天气旧亭台"，去年的自己和燕子也仿佛掉进过去、变了模样，成为头脑中闪现的"场景"。末一句以词人在园林的小径上独自徘徊作结，就像微电影结束的长镜头，从背影慢慢推远，直到见不到，直到"无可奈何"永远消逝。铺满落花的"香径"，与一开始咿咿呀呀的新词、镀金似温柔的夕阳、漫天飞舞的落花、翩翩飞舞的双燕，还有踽踽独行的词人，构成了一幅暮春闲居图、一首美与忧伤的变奏曲，令人观之流连、听之忘返。

据宋人笔记载，晏殊原来只有"无可奈何花落去"上句，一直无下句，一日与江都尉王琪游园，问对句。王琪以"似曾相识燕归来"对，晏殊大喜，屡次推荐王琪加官进爵。尽管这条材料不甚可靠，却足以说明《浣溪沙》这首词过片的联语看似无意，但工巧奇丽，妙处无两，不像轻易便可作出之对。

（撰稿：王贺）

中央戏剧学院教授，博士，北京市与教育部国家「台词精品课」课程负责人，北京市优秀教育教学成果一等奖获得者，「第七届北京市高等学校教学名师奖」获得者。

破阵子

晏殊

燕子来时新社，梨花落后清明。

池上碧苔三四点，叶底黄鹂一两声，

日长飞絮轻。

巧笑东邻女伴，采桑径里逢迎。

疑怪昨宵春梦好，元是今朝斗草赢，

笑从双脸生。

《破阵子》，原为唐教坊曲名，一名《十拍子》。唐时，为欢庆李世民大败叛将刘武周，用龟兹乐制作《秦王破阵乐》乐舞大曲，有三变、十二阵、五十二遍，极为壮观恢宏。起初《破阵乐》用于宴饮，后来用于祭祀。唐人所传《破阵乐》辞有五言四句、七言四句、六言八句三体；宋人用《破阵乐》为长调，又截取大曲的一段，作双调《破阵子》。此调六十二字，上下片各五句三平韵。

春社起源较早，早在商周时期，就有了春社祭祀土地之神的风俗。春社初无定日，从宋朝开始，才确定立春后第五个戊日为春社日，也就是春分前后。社日之时，各地会举办祭祀娱乐活动，有社酒、社肉，有社戏、社"会"，女性要停用针线，优哉游哉地过节了。唐代王驾《社日》中的"桑柘影斜春社散，家家扶得醉人归"，宋代陆游《春社》中的"社肉如林社酒浓，乡邻罗拜祝年丰"，都是直接描写春社的诗篇。

晏殊的这首《破阵子》也是描写春社之景之事的词作。他运用动静对照的写法，以景设色，以事点染，最终落笔在斗草少女身上，通过一来一回的对话，透视出整个社日活动的热闹，更塑造出女子俏皮活泼的形象。这首词明丽轻快又风神绰约，在一众社日诗中独树一帜。

燕子来时，大约就在春分，这一年恰好赶上春社。等到梨花落后也就到了清明时节了。首二句以对偶写时令，却轻盈流畅，毫不滞涩，足以见出大晏手法之高妙。后三句铺写社日的春景：池塘中春水荡漾，偶尔点缀着几簇碧绿的苔藓；岸边树叶渐稠，叶底时不时传来一两声黄鹂悦耳的鸣叫；白天越来越长了，眼前是漫天飞舞的柳絮。上片景物以静态为主，在词人不疾不徐的叙述中更显宁静：春水与碧苔的绿、树叶的翠、飞絮的白与想象中黄鹂的黄，构成了一张画布的底色，等待词人勾勒与点染。

"一钩残照，半帘飞絮，总是恼人时"（纳兰性德《少年游》），那漫天的飞絮怕是让晏殊有些烦恼了，过于安静的春景或许也让他颇感无趣。目光转向野外，只见东邻的少女娇笑着走来，与西邻的女伴在采桑的小路上相逢。西邻少女问："你这么开心，是不是昨晚做了好梦啊？"东邻少女娇羞地回答："是因为今天早上斗草赢了啊！"她一边回答一边发自内心地笑起来，笑意都快从双颊溢出来了。东邻少女的纯真与西邻少女的快人快语，让人感到生命的鲜活与趣味盎然。在上片静态的衬托下，下片的少女显出无限活力，灵动娇憨，让人生出喜爱之情，不觉感慨：原来无穷美景，不如美好的人世安宁。

周汝昌先生曾说，杜甫和晏殊诗词中都有寂寞难言之感，只不过杜甫从"映阶碧草自春色，隔叶黄鹂空好音"转向历史国事，晏殊则从"池上碧苔三四点，叶底黄鹂一两声"转向人世生活。的确，二者的转向一方面源于时代背景和诗人个性的差异，另一方面或许源于诗体与词体的不同，而这些不同需要在阅读中细细体味。　　（撰稿：王贺）

采桑子

欧阳修

轻舟短棹西湖好，绿水逶迤。

芳草长堤，隐隐笙歌处处随。

无风水面琉璃滑，不觉船移。

微动涟漪，惊起沙禽掠岸飞。

欧阳修（公元1007年—1072年），字永叔，号醉翁，又号六一居士，谥文忠，吉州吉水（今属江西省）人。历任翰林学士、枢密副使、参知政事，熙宁四年（公元1071年）以太子少师致仕。欧阳修推动了北宋诗文革新运动，开创一代文风，与韩愈、柳宗元、苏轼、苏洵、苏辙、王安石、曾巩被世人称为"唐宋散文八大家"，同时在词作方面也颇有建树，尤工令词，与晏殊并称"晏欧"。有《六一词》，又有《欧阳文忠公近体乐府》三卷及《醉翁琴趣外篇》六卷。

欧阳修共作十三首《采桑子》，均为熙宁四年（公元1071年）退居颍州（今安徽阜阳）之后所写。前十首专咏西湖风光，是一组清新流丽的联章组词；后三首均述身世之慨，是一组凄壮激越的慷慨悲歌。值得注意的是，词中所咏"西湖"并非大家熟悉的杭州西湖，而是宋朝时期的颍州西湖，位于今天安徽省阜阳市西北。北宋时期，颍州西湖"花坞蘋汀，十顷波平"，如此美景让欧公魂牵梦萦，致仕后便举家搬迁至颍州，"并游或结于良朋，乘兴有时而独往"，概览游胜，兴怀入词。本词便是组词的第一阕，描绘了春色拥抱下的西湖美景，抒发了词人泛舟游湖的自在惬意。

欧阳修用轻松悠然的笔调开篇。以"轻舟短棹"起笔，点明作者及友人正以船代步，开篇就浸润在轻巧小舟和短短木桨所营造的悠闲愉快的氛围之中。"西湖好"是这组词的标志性领起词，每首词的第一句末三字都是"西湖好"，十首《采桑子》从不同季节、不同视角、不同基调描绘了浓淡相宜的西湖美景，但表达的主旨是相同的，浓缩起来就是"西湖好"这三字。"绿水逶迤"，春水碧波，湖岸逶迤；"芳草长堤"，春来草长，堤影绵延。在这幅淡远的春日图景中，"隐隐笙歌处处随"，柔和的笙箫之音隐匿在春风中吹送，随船所向，笙歌所至。上片精妙的几笔将读者带入一个可爱的冶春氛围中，视觉上满眼芳草碧波，听觉上笙歌余音袅袅，而相对静止的绿水、长堤、芳草，在词人"轻舟短棹"的移动中洋溢着春日独有的可爱生机。

下片着重描绘徜徉西湖、波平如镜的景色。"无风水面琉璃滑，不觉船移"。水面没有一丝清风，水波无皱，上下空明，如同琉璃一样光滑澄澈。而舟上之人竟然感觉不到船的移动，这是因为春波之滑，湖面行进的小舟不待风吹也可以自在荡漾，更是因为词人沉浸于西湖绮丽风光之中。但行进的船不可能了无痕迹，词人精妙地观察到水面"微动涟漪"。除此之外，"惊起沙禽掠岸飞"，当小船从湖面划过，就惊起了沙洲上的水鸟擦岸飞起。飞鸟掠过，打破湖面的平静，增添了动态的意趣。全词以西湖上的"行舟"为线索，词人的视线随着小船的移动而不断转换，从远及近，由静及动，一幅跳动的、生机的、可爱的、舒适的西湖春景图徐徐展开。

全词彰显了欧阳修对自然的热爱，以及晚年乐观旷达的人生态度。欧公在经历宦海浮沉之后依旧有着富于遣玩的意兴，他曾言"白发戴花君莫笑"，通过这首清新淡雅的小词，我们感受到了欧阳修在人生暮年的心性、品格和对人生的体验。　　　　　　（撰稿：李彤）

米　夏

北京广播电视台主持人，播音指导，北京文艺广播《打开文化之门》制作人、主持人，荣获首届主持人"金声奖"。书香中国北京阅读季金牌阅读推广人。

浪淘沙

欧阳修

五岭麦秋残。荔子初丹。

绛纱囊里水晶丸。可惜天教生处远，不近长安。

往事忆开元。妃子偏怜。

一从魂散马嵬关。只有红尘无驿使，满眼骊山。

《浪淘沙》，原为唐教坊曲名，后用为词牌名。**本意或吟咏淘金事。中唐刘禹锡、白居易依小调《浪淘沙》唱和而首创乐府歌辞《浪淘沙》，宋人借旧曲名，另倚新腔。双调五十四字，上下片各五句四平韵，又名《浪淘沙令》《过龙门》《卖花声》。**

这是一首咏史词。欧阳修从荔枝切入，回顾了唐玄宗宠爱杨贵妃，不问朝政，致使唐王朝陷入安史之乱的那段历史。

开篇"五岭麦秋残"是在交代荔枝成熟，也就是"荔子初丹"的地点和节令。五岭是指江西、湖南、广东、广西四省之间的五道山岭，它们恰好分隔开了长江与珠江两大流域，而荔枝的产地就在五岭以南——苏轼贬居惠州时就曾有诗说"日啖荔枝三百颗，不辞长作岭南人"，这个岭，指的就是"五岭"。"麦秋"，顾名思义，指麦子成熟的季节，也就是农历四五月间，既说麦秋残，当然指的就是盛夏了。接下来欧阳修描写了熟荔枝的样子："绛纱囊里水晶丸。"绛纱指红色的纱，红红的薄纱香囊里包裹着一只水晶质地的小圆球，无论是质地还是色泽，都令人心生喜爱。也正因为这句词，后来"水晶丸"就被人们用来特指荔枝了。写到这里，作者生出了感慨："可惜天教生处远，不近长安。"这感慨很耐人寻味：这样的好物，却因地处偏远不得皇帝的赏识，当然可惜。但对皇帝唐玄宗而言，他若觉得可惜，就反而会造成百姓的灾难了。同样一句词，从史家与当事人的视角来看，产生了荒谬的差异感，而正是这种差异感为国家带来了祸端。

下片起，欧阳修就用了史家的笔法。"往事忆开元"——过片五个字檃栝了杜甫的一首诗，读来好像一句无声的叹息。开元年间是安史之乱前的最后一个盛世，杜甫曾说："忆昔开元全盛日，小邑犹藏万家室。稻米流脂粟米白，公私仓廪俱丰实。"这样富足的回忆，是此后许多年再也见不到的，也成了战乱中官员与百姓共同的伤痛。下一句，时间就推进到天宝年间：灾祸的起源，正在于杨贵妃对荔枝的偏爱——"不近长安"而"妃子偏怜"，掀起了一场几乎颠覆了国家的战事，也彻底断送了荔枝故事中几乎每一个人的幸福。"一从魂散马嵬关"，唐玄宗逃离长安后在马嵬驿遭遇御林军哗变，被迫赐死杨贵妃。从此，杜牧诗中"一骑红尘妃子笑"的画面再也没有了，"只有红尘无驿使"。玄宗西行"千乘万骑"，依然车尘飞扬，但却再也不见为贵妃专送鲜荔枝而奔波两千里的驿使。离开马嵬坡时，唐玄宗已经永远失去了他的盛世，眼中能看到的只有不变的骊山——骊山本是他在位时与杨贵妃温泉私浴、纵情歌舞的地方，但如今人事皆非，当骊山宫殿荒废，故事变成了历史，山却还是那座山。它站在千百万年前嘲弄着以为能够改变一切的人们，包括至高无上的君王。

全词始于五岭，终于骊山，由自然而始，由自然而终，其中穿插的故事虽然波澜壮阔，但在自然面前也只是很短的一瞬。这种篇法安排，本身也体现着作者的历史观，希望大家能认真体会。

（撰稿：李让眉）

菩萨蛮

王安石

数家茅屋闲临水,窄衫短帽垂杨里。

花是去年红,吹开一夜风。

梢梢新月偃,午醉醒来晚。

何物最关情,黄鹂三两声。

王安石（公元1021年—1086年），字介甫，号半山，抚州临川（今江西抚州）人。北宋政治家、思想家、文学家。他立志高、抱负大，以"王安石变法"名垂千古。王安石一生仅留下二十九首词，不拘一格，有《桂枝香·金陵怀古》这样被苏轼称美的精工之作，也有平白如话的作品。从精神旨意上看，所有词作都蕴含了他独特的性情与高远的襟怀。有《王文公文集》《临川先生文集》存世。

《菩萨蛮》，初为唐教坊曲名，后用为词牌名和曲牌名。双调小令，上下四十四字，用韵两句一换，凡四易韵，平仄递转。

这首词大概作于王安石第二次罢相后闲居江宁期间。宋叶梦得《避暑录话》记载："（王荆公）晚卜居钟山谢公墩，畜一驴，每食罢，必日一至钟山，纵步山间，倦则即定林而睡，往往至日昃及归。"此词即是他游弋钟山山水间所得。

首句所言"水"，当指蜿蜒于钟山的河水。水边有数家草屋茅舍。正是春天，作者身着"窄衫短帽"，穿过依依垂柳，看到灼灼展颜的花儿像去年一样红艳。他怀疑是昨夜的风吹开了花（大概昨天来的时候花还没开吧）。"吹开一夜风"属于主谓语倒装句。作者载酒而行，午间饮酒至醉，醉了就地而睡，醒来看到新月躺卧在杨柳梢头……曾经日理万机、殚精竭虑的宰相，如今过着行到水穷、坐看云起的闲散日子，享受着山水草木带来的审美愉悦。可是，树林间忽然传来一两声黄鹂啼叫，瞬间牵动了作者的愁情。黄鹂，古名仓庚。《诗经·豳风·东山》这首著名的诗中有"仓庚于飞"，晋陶渊明《答庞参军》中有"昔我云别，仓庚载鸣"。仓庚意象自古便蕴含了伤感的愁绪。这时的王安石，因新法无法推行而离开了政治中心，又丧失了他的长子王雱，内心深处的伤痛是无法抹去的。

值得注意的是，这首词中有好几句是唐人的成句。王安石喜欢唐诗，编选有《唐百家诗选》二十卷。他写的诗有不少是集唐人诗句所成。沈括的《梦溪笔谈》云："荆公始为集句诗，多者至百韵。"其实王安石并非第一个集唐人诗句写诗的，不过他很可能是第一个集唐人诗句写词的。比如本首词：第一句取自刘禹锡的《送曹璩归越中旧隐诗》："数间茅屋闲临水，一盏秋灯夜读书。"第三句出自殷益的《看牡丹》："发从今日白，花是去年红。"第五句来自韩愈的《南溪始泛三首》（其一）："点点暮雨飘，梢梢新月偃。"第六句源自方棫的诗句"午醉醒来晚，无人梦自惊"。这些句子在此词中安放得如此得体，浑如天成。这固然是因为王安石腹笥丰盈，博闻强记，另一方面也体现了他胸中有丘壑，并不是为了集句而写词，而是写作过程中眼前景、心中情相互激荡，召唤出了前人佳句。

（撰稿：肖亚男）

诵读人
房明震

70年70人·杰出演播艺术家，播音指导，曾任辽宁广播电视台副总编辑。

桂枝香·金陵怀古

王安石

登临送目，正故国晚秋，天气初肃。

千里澄江似练，翠峰如簇。

归帆去棹残阳里，背西风，酒旗斜矗。

彩舟云淡，星河鹭起，画图难足。

念往昔，繁华竞逐，叹门外楼头，悲恨相续。

千古凭高对此，谩嗟荣辱。

六朝旧事随流水，但寒烟衰草凝绿。

至今商女，时时犹唱，后庭遗曲。

《桂枝香》，词牌名，又名《疏帘淡月》《桂枝香慢》。此调北宋人开始大量创作。以王安石这首《桂枝香·金陵怀古》为正体，双调一百零一字，上下片各十句、五仄韵。南宋杨湜《古今词话》云："金陵怀古，诸公寄调《桂枝香》者三十余家，惟王介甫为绝唱。"

这首词，学者普遍认为是王安石出任江宁知府时所作，但王安石曾两次出守江宁，此词作于哪一次，尚无确证。江宁即今南京，古称金陵，为六朝首都（故词中称"故国"），历史沧桑，底蕴深厚。文人墨客一至此地，易发吊古之幽思。作为政治改革家和散文巨匠的王安石，其怀古之作不同凡响。

上片写登高所见。时当晚秋，金陵天气肃杀，万物开始凋零。而云翳消散，视野澄明，故登高瞭望即可纵目千里。"澄江似练"出自南朝诗人谢朓的名句"澄江静如练"，"翠峰如簇"则是王安石自己的创造，二句不仅对仗非常工整，且布景十分大气，俨然展开一幅长线与散点俱全的千里江山图。在这视野广阔的长卷里，作者抓取一些活动着的物象着力描绘——来来往往的船只、渐渐西沉的太阳、西风中飘动的酒旗——写出了江边水上的人间烟火气。随着时间的推移，日落后的景象也被作者勾画出来。"彩舟""星河"均有唐人诗典，如杜甫有"清江白日落欲尽，复携美人登彩舟"，白居易有"耿耿星河欲曙天"，此词将这些意蕴融入，却不着痕迹。黄昏时，在彩舟对照之下，暮云不显浓艳；入夜后，风吹起波浪，宛若繁星，惊起一行白鹭。这几句空间构图之妙、时间推移之巧，值得细细体会。尽管作者已带给我们无比美好、生动的观感，但他还是认为自己的描绘未能传达眼前景物之美，发出"画图难足"的感慨。上片以此赞叹之语收束，余味无穷。

下片写所思所感。如此江山，原应唤起人的德性，以期抵达天人之境。然而历数往昔朝代，定都金陵的统治者不知励精图治，争相追逐奢华享乐，从定都到覆灭往往不过几十年。"叹门外楼头，悲恨相续"出自唐杜牧的《台城曲》："门外韩擒虎，楼头张丽华。"张丽华是陈后主的宠妃，"楼头"指陈后主为其打造的金碧辉煌的楼阁。隋军大将韩擒虎已临城门，陈后主还在后宫寻欢作乐，以致被俘虏。三百多年后，南唐后主李煜重蹈了陈后主的悲剧。生长在帝王家的陈后主、南唐后主，其生命从荣到辱，实在令人嗟叹。嗟叹亦枉然，金陵作为首都的旧事全都随着这江水流逝了，无法挽回。如今呈于眼前的，只有这深秋的自然景象。可令人愤慨的是，"至今商女，时时犹唱，后庭遗曲"。此句融化杜牧《泊秦淮》中的"商女不知亡国恨，隔江犹唱后庭花"。后庭遗曲是陈后主作的《玉树后庭花》，全诗描摹赞美嫔妃们的容态姿色。由于此诗之传播伴随着陈朝灭亡，历来被视为亡国之音。杜牧将《玉树后庭花》的流行归于歌女，却不知，只要统治阶层沉迷奢华，不思进取，这种靡靡之音就不会消亡。立志改革的王安石对自己所在的阶层敲响了警钟。

此词布局谨严且富有张力，用典绵密，臻于化境，寓意高远而发人深省，难怪令苏轼都赞叹不已。

（撰稿：肖亚男）

浪淘沙令

王安石

伊吕两衰翁，历遍穷通。

一为钓叟一耕佣。若使当时身不遇，老了英雄。

汤武偶相逢，风虎云龙。

兴王只在谈笑中。直至如今千载后，谁与争功！

《浪淘沙令》，源于唐教坊曲《浪淘沙》，内容多借江水流沙抒发人世感慨，或歌咏男女爱情。文人填此调，当始于唐中期的刘禹锡。《钦定词谱》称："《浪淘沙》创自刘（禹锡）、白（居易）。"《浪淘沙》原为单调二十八字、四句三平韵的七绝体。南唐后主李煜始改之为双调小令的词牌，全词共计五十四字，上、下片各二十七字，分五句，其中四句用平韵。后人填词即据李煜此调。

这首词写作时间不确定。全篇议论伊尹和吕尚两位古代贤臣的"历遍穷通"的人生遭际与彪炳千古的政治功勋。"伊"指伊尹，夏末商初人，原名挚，尹是他后来所担任的官职。传说伊尹是伊水旁的一个弃婴，以伊为氏，曾佣耕于莘国。商汤娶有莘氏之女，伊作为陪嫁而归属于商，后来得到汤王的重用，为其出谋划策，助其灭掉了夏朝。商朝建立后，商汤封伊挚为尹。《史记·殷本纪》皇甫谧注云："尹，正也，谓汤使之正天下。""吕"指吕尚，姜姓，吕氏，名尚，字子牙，号飞熊，又称姜太公、师尚父、太公望、吕望等。传说他直到晚年还是困顿不堪，只得垂钓于渭水之滨，一次恰值周文王出猎，君臣才得遇合。他先后辅佐周文王和周武王，成就了灭商兴周的大业。伊、吕二人均属先穷后通，度过了长期的困窘生涯，才遇到大展宏图的机会。据说吕尚遇到文王时已经年届七十，垂垂老矣。伊尹得到商汤重用时的年龄并无文字记载，但其身世可怜、早年地位卑微是无可置疑的。王安石感慨，伊尹和吕尚这两位英才，一个曾劳劳于田野，一个曾碌碌于水滨，若不是遇到商汤王、周文王这样求贤若渴的君主，便无用武之地，老死不为人知。一旦有幸遇得，便如云生龙、风随虎，在谈笑间完成兴王道、建大邦的宏图伟业。《易经·乾卦》有"云从龙，风从虎"之语，此处用风、云比喻贤臣，用龙、虎比喻明君。千古以来，伊尹、吕尚这样的伟岸雄才，或许并非寥若晨星，只是不得机会与明君遇合，只好浮沉人世，庸碌无为，浪费才能，抱憾终天。千里马常有而伯乐不常有，贤才常有而明君不常有，因此，伊尹、吕尚的千载功勋才难以被超越。

清初思想家颜元盛赞王安石曰："（荆公）廉洁高尚，浩然有古人正己以正天下之意。及既出也，慨然欲尧舜三代其君。"这首词语言平白，节奏明快，宛如乡间老翁漫说前朝故事。然而结合王安石的人生经历，我们应明白其中蕴蓄颇深，寄托了作者自己高远不群的政治志向。表为咏史，里自抒怀；明写往古事，实托今日心。　　（撰稿：肖亚男）

陈 兵

资深演播人。主播的文学作品多次获全国广播作品一等奖，主演的广播剧《咱们工人有力量》等获"五个一工程"奖。

诵读人
佟 凡

卜算子

李之仪

我住长江头，君住长江尾。

日日思君不见君，共饮长江水。

此水几时休，此恨何时已。

只愿君心似我心，定不负相思意。

李之仪（约公元1035年—1117年），字端叔，自号姑溪老农，沧州无棣（今属山东）人。治平四年（公元1067年）考取进士，历任万全县令、翰林学士、枢密院编修官等职。政和七年（公元1117年）病逝于当涂。

李之仪为苏轼门人之一，其创作风气在一定程度上受到苏轼的影响。李之仪作词，推崇晏殊和欧阳修，认为作词应蕴藉深厚，语尽而意不尽，意尽而情不尽。有《姑溪词》《姑溪居士文集》《姑溪题跋》传世。

《卜算子》，词牌名，正体为双调四十四字，前后段各四句、两仄韵。关于词牌名，人们多认为源自占卜算命的小曲。所咏题材广泛，有写景、抒情、言志等，风格流美含蓄，平和婉转。《卜算子》词牌还有许多别名，比如《卜算子令》《百尺楼》《眉峰碧》《楚天遥》等。

此作为李之仪名篇，清新隽永，既有民歌通俗的特色，也有文人之词含蓄的风格，兼俗白与雅致两种特点于一身。词以一位女子之口，表达她对爱情忠贞的追求。

开端直陈其事。我住在长江的这头，而我思慕之人住在长江的另一头。我日夜思念他，却不得相见，只是共饮着这一江之水。佳人相思之长如长江万里，诵读中我们仿佛看到一位站在长江上游某处翘首而盼的女子，她的目光随着奔流的江水而去，寻觅着情郎的身影。

下片仍扣紧江水继续下笔，在上片思君却不得相见的基础上，说自己的相思之情亦如江流一般，长江滔滔奔流不息，此情脉脉难以枯竭。前两句似从乐府民歌《上邪》中化用而来："上邪！我欲与君相知，长命无绝衰。山无陵，江水为竭，冬雷震震，夏雨雪，天地合，乃敢与君绝！"连用数个不可能的现象，表达自身对爱情的忠贞。而李之仪则将抒情主人公的情感顺着自然现象落笔，江水不会休止，我的离愁别恨亦不会穷尽，相思之情何其深沉！然而，末句词人又将情感升华，将此前的不能相见的悲戚转变成对意中人的期许，既然江水不休，离情不止，那么便希望君心如我，不负相思。

（撰稿：江合友）

佟　凡

表演艺术家，中国国家话剧院一级演员，中国电影家协会理事，中国电影表演学会理事。

卜算子·送鲍浩然之浙东

王观

水是眼波横，山是眉峰聚。

欲问行人去那边？眉眼盈盈处。

才始送春归，又送君归去。

若到江南赶上春，千万和春住。

王观（公元1035年—1100年）字通叟，如皋（今属江苏）人。宋仁宗嘉祐二年（公元1057年）进士，累官翰林学士。有《冠柳集》。今存词十七首，散见于宋黄大舆《梅苑》、曾慥《乐府雅词拾遗》、吴曾《能改斋漫录》、黄昇《唐宋诸贤绝妙词选》、赵闻礼《阳春白雪》等。

这是一首送别词，为词人王观送别好友鲍浩然所作。不同于送别词惯常的表达，此词不写愁苦离情，反而以一种乐观的、满怀期待的基调送别好友。全词语调轻快，语言诙谐活泼，显示出词体轻灵的特征。

上片以眉眼写山水，构思尤其巧妙。古来形容女子容颜，多见以山喻眉、以秋水喻眼波，此处词人却反用其意，将途中的温润春水比作美人灵动的眼波，将友人舟行途中的青翠山峦比作美人攒聚着的眉头，而友人鲍浩然将去往的浙东之地，则在"眉眼盈盈处"。"眉眼盈盈"是女子最美丽、最动人的瞬间，这也喻指着山峦起伏、春水绵延的浙东，是春天里风景最美的地方。词人将友人途中所见的风景，以及友人去往之浙东写得如此美丽动人，蕴含了词人对友人最真挚的祝愿。

下片聚焦于词人的心理及情感。"才始送春归，又送君归去"，词人以简单的叙述语言交代送别背景，并牵引出淡淡的离愁。词人经历了暮春景物的凋零，此刻又将送别友人离去，纵使有再多难舍也要振作心情。最后两句"若到江南赶上春，千万和春住"，以一种诙谐的、类似口语似的语言写出词人对友人的嘱托：你如果到了浙东，那里的春天还未离开，万物依旧充满生机，你记得一定要让春天留下。这正呼应了上片中词人对于浙东"眉眼盈盈处"的设想。友人往浙东出发，那边的春色想必更为长久，而"赶上"和"留"继续以拟人的笔法，将浙东春色比作眉眼盈盈的少女，叮嘱友人一定要留住她最美的瞬间。

这首词是送别题材的诗词作品中别具一格的一首。全词读来轻快灵动，词人以眉眼比山水的妙喻、"留春住"的天真想法，都体现了词人对于春天、对于美好事物的热爱，也包蕴着词人对友人最赤诚、最真挚的祝愿。

（撰稿：陈骥）

李杨薇

北京广播电视台《北京新闻》主持人。曾主持北京卫视环球春晚、北京申冬奥直播、纪念抗战胜利70周年直播等。

念奴娇·赤壁怀古

苏轼

大江东去，浪淘尽，千古风流人物。

故垒西边，人道是，三国周郎赤壁。

乱石穿空，惊涛拍岸，卷起千堆雪。

江山如画，一时多少豪杰。

遥想公瑾当年，小乔初嫁了，雄姿英发。

羽扇纶巾，谈笑间，樯橹灰飞烟灭。

故国神游，多情应笑我，早生华发。

人生如梦，一尊还酹江月。

苏轼（公元1037年—1101年），字子瞻，又字和仲，号东坡居士，世人称其为苏东坡。今四川眉山人。嘉祐进士。曾任祠部员外郎、翰林学士，出知杭州、颍州，官至礼部尚书。晚年贬谪惠州、儋州。后赦还，途中病死常州，享年六十五岁。追赠太师，谥号"文忠"。

苏轼诗、词、文俱佳，诗与黄庭坚并称"苏黄"，词与辛弃疾并称"苏辛"，散文与欧阳修并称"欧苏"，代表了宋代文学的最高成就。苏轼"以诗入词"，一变宋词之柔媚绮靡，开豪放一派，清奇雄健，气象恢宏，正如南宋刘辰翁所说："词至东坡，倾荡磊落，如诗如文如天地奇观。"著述甚丰，有《东坡七集》《东坡书传》《东坡乐府》等传世。

《念奴娇》，得名于唐代天宝年间一位名叫念奴的歌伎。又名《百字令》《酹江月》《大江东去》《湘月》等。此调以苏轼《念奴娇·中秋》为正体，双调一百字，前后片各十句四仄韵。另有十一种变体。

元丰五年（公元1082年）夏，被贬谪黄州的苏轼到文赤壁游玩，写下了这首千古名篇。此词写景、咏史、议论、抒情，一气呵成，是豪放词的代表作之一，又名《大江东去》《酹江月》《赤壁词》等。

上片通过刻画长江逝水的沧桑，拉开波澜壮阔的历史舞台的帷幕，迎来了三国名将周瑜。水向东流，亘古不变，但历史上的风流人物，却像长江后浪推前浪般不断更替。乱石飞腾，白浪翻涌，仿如一层又一层壮观圣洁、铺天盖地而来的雪花。词人此刻心潮起伏，激荡的情思随着三国时期的英雄豪杰驰骋在如诗如画的山川形胜。

下片追慕足智多谋的周瑜，以美人映衬英雄的丰姿勃发，又以书生的倜傥儒雅彰显赤壁之战那樯倾楫摧、烈焰滔天的惊心动魄。词人抚杯怀古，想到史上文韬武略的人物尽随风而逝，而自己亦年迈体衰，报国无门，只能苦笑自嘲。顿感人生如梦，胸襟旷达的词人，不禁邀请大江、明月，共饮数杯。

全词借古抒怀，气势磅礴，境界宏大，笔力超凡，一洗北宋词坛婉约词缠绵萎靡的词风，开创了豪放词的新气象，被誉为"古今绝唱"。

（撰稿：冯倾城）

吴俊全

八一电影制片厂导演、配音艺术家，在数百部中外电影、上千部（集）电视剧中用语言塑造了众多经典声音形象，在《大转折》《大决战》《大进军》等史诗影片中用方言为老一辈无产阶级革命家毛泽东、周恩来等配音。

水调歌头

苏轼

明月几时有？把酒问青天。

不知天上宫阙，今夕是何年。

我欲乘风归去，又恐琼楼玉宇，高处不胜寒。

起舞弄清影，何似在人间。

转朱阁，低绮户，照无眠。

不应有恨，何事长向别时圆？

人有悲欢离合，月有阴晴圆缺，此事古难全。

但愿人长久，千里共婵娟。

《水调歌头》，词牌名，又名《元会曲》《凯歌》《台城游》《水调歌》等。双调九十五字，上片九句四平韵，下片十句四平韵。另有同字数，上片九句四平韵、两仄韵，下片十句四平韵、两仄韵等变体。相传隋炀帝于开凿大运河时制《水调歌》，在唐代演变为包含几个乐章的大曲，而"歌头"指开头的一段。苏轼的《水调歌头（明月几时有）》是此词牌的代表作品。

宋神宗熙宁九年（公元1076年）中秋，苏轼在密州作此词，并于小序中记述了创作的因由。苏轼因反对王安石新法而自求外放，多年辗转各地为官。他冀与弟苏辙重聚，惜任密州知州后，仍无法如愿。并因政治上不得志，遂夜饮中秋，于醉中写下了这首传颂千古的怀人之作。

上片写词人望月饮酒，逸兴遄飞，直问苍茫宇宙：这皎洁的月亮是什么时候开始有的呢？月中的宫殿，今晚又该是哪一年呢？词人想乘着夜风飞回月宫，又怕这晶莹高远的广寒宫太清冷！月下与孤影起舞，感到瑶台也比不上人间！

下片描绘月光流转，洒落在华丽的楼阁，又透过镂花的窗户映照着不眠的词人。既是月圆，不应有遗憾了，可是月亮又为何总在人们离别之时圆呢？人生自有悲欢离合，月亮也会阴晴圆缺。这是自古以来的规律。但愿人们都长寿健康，纵然相隔千里，也能共赏这美好的月色。

全词借月言情，以亘古的自然景象观照人生的悲欢离合，通过神奇的想象，叩问大自然，进行宇宙探源与人类终极关怀的哲性思考。这与屈原的《天问》以及李白的《把酒问月》《月下独酌·其一》一脉相承，异曲同工。此词风神飘逸，哲思深刻，境界高远，为苏轼词的代表作。

（撰稿：冯倾城）

胡乐民

朗诵家、表演艺术家、演诵艺术创始人。首届"夏青杯"朗诵大赛金奖获得者。中广联合会演员委员会理事。

演播艺术家，中央广播电视总台主持人、播音指导。曾担任《国宝档案》栏目主持人，先后获首届全国广播朗诵大赛专业组一等奖、第二届金话筒电视主持人金奖。

西江月·黄州中秋

苏轼

世事一场大梦，人生几度秋凉。

夜来风叶已鸣廊，看取眉头鬓上。

酒贱常愁客少，月明多被云妨。

中秋谁与共孤光，把盏凄然北望。

《西江月》，唐教坊曲名，后用为词牌名。正体双调五十字，前后段各四句两平韵、一叶韵。此调题材表现广泛，凡写景、抒情、议论、感怀、凭吊、怀古等，均可入词。《西江月》词牌还有很多别名，如《白蘋香》《步虚词》《壶天晓》《醉高歌》《双锦瑟》等。

这首词作于元丰三年（公元1080年）中秋，苏轼时在黄州（今湖北黄冈）。这是他在贬所的第一个中秋节，感慨之思，凄凉之情，跃然词外。上片发端的起句"世事一场大梦，人生几度秋凉"，直抒世事如梦，充满人生空幻与短促的深沉喟叹，情绪有些哀婉，情调有些低沉，满含着词人难以言说的辛酸，也蕴含着对人生纷纷扰扰的怀疑、厌倦，还有企求解脱与舍弃。"人生几度秋凉"，有对于逝水年华的无限惋惜和悲叹。"秋凉"二字照应中秋，句中数量词兼疑问词"几度"的运用，低回唱叹，更显示出人生的倏忽之感。

接着三、四句"夜来风叶已鸣廊，看取眉头鬓上"，紧承起句，写西风飒飒、落叶萧萧，这两个典型的寒暑易替的秋色秋景，进一步唱出了因时令风物而引起的人生惆怅。看取，就是看着。取，是个语助词。回响廊庑，凄然顾影，已见鬓发斑斑，引出时光易逝、容颜将老、高志难酬、已近迟暮之悲，以哀婉的笔调道出无法摆脱人生烦忧。

下片写独自一人于异乡把盏赏月的孤寂处境，满含念怀亲人的无限情思、伤时感事的忧虑思绪。"酒贱常愁客少"，相比京城汴京，黄州自然酒贱价廉，但这里主要是借酒贱客少，写世事炎凉，点出遭贬斥后势利小人避之如水火。"月明多被云妨"，妨，即遮掩。古代诗人常以浮云蔽日（或月）来隐喻小人蔽君、忠而被谤，此处暗指自身因谗遭贬。

结末归于温厚之旨，用月之孤光表示自己人格之孤清高洁，抒发怀思君国之意。所谓"北望"，既指在黄州北望都城汴京，也设想在筠州的弟弟苏辙此时在北望哥哥苏轼。这一结拍，兼涉家国情怀，包含的情感非常丰富。

在苏轼的中秋词中，本篇颇有特色。上片写感伤，寓情于景，咏人生之短促，叹壮志之难酬。下片写悲愤，借景抒情，感世道之险恶，悲人生之寥落。全篇紧扣中秋时节的景物，以景为情之媒介，以情为之胚胎，通过对秋凉风叶、孤光明月等景物的描写，情景交融，情真意切，将吟咏节序与感慨身世、抒发悲情紧密结合起来，以自然与生活中惯常所见事物景象揭示人生哲理，由秋思而及人生，触景生情，感慨悲歌，具有言近旨远、辞浅意深的艺术特色，令人回味无穷。

（撰稿：陈才智）

水龙吟·次韵章质夫杨花词

苏轼

似花还似非花,也无人惜从教坠。

抛家傍路,思量却是,无情有思。

萦损柔肠,困酣娇眼,欲开还闭。

梦随风万里,寻郎去处,又还被、莺呼起。

不恨此花飞尽,恨西园、落红难缀。

晓来雨过,遗踪何在?一池萍碎。

春色三分,二分尘土,一分流水。

细看来,不是杨花,点点是离人泪。

《水龙吟》，又名《龙吟曲》《庄椿岁》《小楼连苑》。各家格式出入颇多，兹以历来传颂苏、辛两家之作为准。一百零二字，前后片各四仄韵。

苏词虽以豪放著称，但婉约之作也多有佳篇，这首词即为例证。这首词作于元丰四年（公元1081年）春夏间，苏轼时在黄州（今湖北黄冈）贬所。借用暮春之际"抛家傍路"的杨花，化"无情"之花为"有思"之人，幽怨缠绵而又空灵飞动地抒写带有普遍性的离愁，其中也暗含着身世之感、贬谪之情。词的标题是《次韵章质夫杨花词》，次韵，是指依照诗词作品原来的韵脚及其次序和作。章质夫（公元1027年—1102年），即章楶，字质夫，建州浦城（今福建浦城）人，其咏杨花词在当时广为传诵。从和词的角度看，苏词不但要遵守《水龙吟》调的谱式格律，还得依照章词的韵脚来写，多了一重限制，但他写得舒卷自如，圆润顺畅，笔墨空灵洒脱，毫无束缚之感，显出过人的才气。

上片首句即出手不凡，耐人寻味，"似花还似非花"，既咏物象，又写人言情，准确把握杨花"似花非花"的独特"风流标格"：说柳絮"似花"，色淡无香，形态细小，隐身枝头，从不为人注目爱怜；似花但又不是花，非花却又名为杨花，与百花同开同落，共同装点春光，送走春色。次句承以"也无人惜从教坠"，从教，即任凭，或听任的意思。坠，即飘落。抛家傍路，是说杨花从枝头飘离，散落于路边。一个"坠"字，写杨花之飘落；一个"惜"字，有浓郁的感情色彩。"无人惜"，是说天下惜花者虽多，惜杨花者却少。此处用反衬法暗蕴缕缕怜惜杨花的情意，并为下片雨后觅踪伏笔。

"抛家傍路，思量却是，无情有思"三句，承上"坠"字写杨花离枝坠地、飘落无归的情状。不说"离枝"，而言"抛家"，貌似"无情"，犹如韩愈《晚春》所谓"杨花榆荚无才思，惟解漫天作雪飞"，实则"有思"，一似杜甫《白丝行》所称"落絮游丝亦有情"。咏物至此，已见拟人端倪，亦为下文花人合一张本。无情有思，想来似无情，又好像有意。

"萦损柔肠，困酣娇眼，欲开还闭"三句，写柳树枝条轻盈柔弱，好似美人娇柔的心肠一般。别离之苦使得美人柔肠伤损；柳叶初生，半卷半舒，如同美人愁极而眠，尚未睡醒的媚眼一样。由杨花写到柳树，又以柳树喻指思妇、离人，咏物而不滞于物，匠心独具，想象奇特。娇眼指柳叶，柳叶初生似睡眼初展，故称柳眼。以下"梦随风万里，寻郎去处，又还被、莺呼起"四句，化用唐人金昌绪《春怨》"打起黄莺儿，莫教枝上啼。啼时惊妾梦，不得到辽西"的诗意，借杨花之飘舞以写思妇由怀人不至引发的恼人春梦，咏物生动真切，言情缠绵哀怨，可谓缘物生情，以情映物，情景交融，轻灵飞动。

下片开头"不恨此花飞尽，恨西园、落红难缀"，以落红陪衬杨花，曲笔传情，抒发词人对于杨花的怜惜。恨，即遗憾。落红，是指零落委地的花瓣。缀，指连接、缀合。落红难以连接到枝头，不免令人遗憾。继之，由"晓来雨过"而问询飘落的杨花的遗踪，进一步烘托出离人的春恨。"一池萍碎"句，苏轼自注为"杨花落水为浮萍，验之信然"。古人传说杨花落水化作浮萍，虽然不符合如今科学的说法，但作为想象是美妙的。

"春色三分，二分尘土，一分流水"，这是一种想象奇妙而兼以极度夸张的手法，若将春色量化比拟，其中三分之二是尘土，其余则是流水。这里，数字的妙用传达出作者的一番惜花伤春之情。宋初文人叶清臣《贺圣朝》词有"三分春色二分愁，更一分风雨"句，苏词有可能是化用其词意。至此，杨花的最终归宿和词人的满腔惜春之情水乳交融，将咏物抒情的题旨推向高潮。篇末"细看来，不是杨花，点点是离人泪"一句，为卒篇显志之笔，总收上文，既干净利索，又余味无穷。作者由眼前的流水，联想到思妇的泪水，又由思妇的点点泪珠，映带出空中的纷纷杨花，可谓虚中有实，实中见虚，虚实相间，妙趣横生，堪称情景交融的神来之笔，与上片首句"似花还似非花"相呼应，画龙点睛地概括、烘托出全词的主旨，给人以余音袅袅的回味，因此，千百年来一直为人们反复吟诵、玩味。

（撰稿：陈才智）

许戈辉

　　著名电视节目主持人。曾获"全国最受欢迎十佳主持人""华语电视金奖主持人"等称号，并连续4年被世界品牌实验室评为"中国十大最具价值主持人"。

这首词作于元丰五年（公元1082年）三月，苏轼时任黄州团练副使。词前小序说："游蕲水清泉寺，寺临兰溪，溪水西流。"蕲水，在黄州蕲水县（今湖北浠水），蕲水自城边流过，经兰溪入长江。一般河溪水多向东，只有少数因局部地势东高西低而向西流。暮春三月，苏轼与友人庞安时同游兰溪河畔的清泉寺，写下这首词。

词的上片一句一景，写清泉寺幽雅、凄冷的风光。首句"兰芽短浸溪"，依眼前实景描绘"兰溪"之名的由来，兰芽，是指兰草初生的嫩芽。"短浸溪"三字，写出溪水的澄澈、兰芽的鲜嫩，给人一种生机勃勃的美感。"浸"字，令人感觉溪水都浸透了兰的幽香。次句的后五个字，脱胎于白居易《三月三日祓禊洛滨》诗中的"沙路润无泥"一句，但是将"润"字换为"净"字。白诗的"润"字，同其上句"柳桥晴有絮"中的"晴"字相对；苏词的"净"字，是为了突出松间沙路的洁净，一尘不起，正是春雨潇潇之景，同时也体现词人自己内心的澄净之态，可见其用字之斟酌。第三句，"萧萧暮雨子规啼"，萧萧，即"潇潇"，形容细雨不停的样子。子规，即杜鹃。这一句是写暮雨中杜鹃的啼鸣，情调转为凄冷、悲凉，勾人愁思，是苏轼贬官黄州心情的流露。至此嗅觉、视觉、听觉三方面都已兼顾，而情绪上的这一"下跌"，又将会使得下文的振起更自然，也更有力。

词的下片即景抒怀。换头，以反诘句式发出人生能再少的奇想，继之以兰溪水西流的特殊自然景象巧妙作答。"百川东到海，何时复西归"，时间如流水一般，一去不复返。流水不可逆，时间也不可逆，这是普遍的自然规律。然而，清泉寺前兰溪的流向，却给苏轼以生命的启示："谁道人生无再少？门前流水尚能西！"如果生命的历程如同水流向东奔流不息，那么眼前的溪水就是反向运行的奇迹，既然"水有西流日"，又怎能断定"人无再少时"？

白居易《醉歌示伎人商玲珑》诗中有"谁道使君不解歌？听唱黄鸡与白日。黄鸡催晓丑时鸣，白日催年西前没。腰间红绶系未稳，镜里朱颜看已失"之句，抒发的是红颜易老、良时不再的悲慨。这首《浣溪沙》的结句"休将白发唱黄鸡"也是反用白诗之意，意思是说，不要像古人那样徒然悲叹岁月流逝，自伤衰老，一反白居易诗黄鸡催晓、白日催年的悲观调子，唱出顽强乐观的呼唤青春的人生之歌。

诵读苏轼的这首词，就会发现其语言平易晓畅，言浅韵高。尤其是结尾"谁道人生无再少？门前流水尚能西！休将白发唱黄鸡"三句，由"门前流水尚能西"的眼前实景，即景抒怀，顺势推出绝不服老的昂扬情绪，使句意层层递进，产生了一股前激后涌的气势。在暮雨潇潇的春末，一个罪谪黄州的官员能如此达观地面对世界，如此乐观地看待人生，大概这就是子瞻可以升级为东坡的重要缘由吧。清代词学家陈廷焯在《白雨斋词话》中评论结尾这三句说："愈悲郁，愈豪放，愈忠厚，令我神往。"所评颇为中肯，道出了千古知音级别的感触。

（撰稿：陈才智）

诵读人
陈 亮

临江仙·夜归临皋

苏轼

夜饮东坡醒复醉，归来仿佛三更。

家童鼻息已雷鸣。敲门都不应，倚杖听江声。

长恨此身非我有，何时忘却营营？

夜阑风静縠纹平。小舟从此逝，江海寄余生。

《临江仙》，原为唐代教坊曲名。双调小令，字数有五十二字、五十四字、五十八字、五十九字、六十字、六十二字六种。这首是六十字。上下各三平韵。

苏轼初到黄州，曾居住在城南江边临皋，元丰五年（公元1082年），在黄州城东营防的数十亩废地上开垦耕种，名之曰东坡。次年，他又于其旁筑雪堂五间，作为游憩之所，随后不断往来于雪堂、临皋之间。这首词即作于元丰六年（公元1083年）四月。苏轼在雪堂夜饮，醉归临皋而作。

词的上片写夜饮醉归。开篇"夜饮东坡醒复醉"，点明夜饮的地点、醉酒的程度。醉而复醒，醒而复醉，回到临皋寓所，自然很晚了。"归来仿佛三更"，"仿佛"二字，传神地画出词人醉眼蒙眬的情态。先一个"醒复醉"，再一个"仿佛"，形象地写出醉人的形象，纵饮的豪兴。下面三句，写词人已到寓所，在家门口停了下来——"家童鼻息已雷鸣。敲门都不应，倚杖听江声"。听到家童的鼾声，家童却听不到自己的敲门声，窘境活灵活现，风趣逗人。"鼻息已雷鸣"一句，取自韩愈的诗句"道士倚墙睡，鼻息如雷鸣"。接下来，再从敲门不应、倚杖听涛的行为动作中，写出随遇而安的生活态度、达观超旷的精神世界。"倚杖听江声"，取自王维的诗句"倚杖柴门外，临风听暮蝉"（《辋川闲居赠裴秀才迪》）。走笔至此，一个风神萧散的人物形象跃然纸上，一位襟怀旷达的醉吟先生呼之欲出。情、景、事、理四者妙合无垠。"倚杖听江声"一句，自然引出下片的慨然长叹。

过片，接以"长恨此身非我有"，词人仿佛仍在身为主人却进不了家门的尴尬之中，其实却已经由万籁俱寂的半夜里的江涛之声，引起思绪万千，感叹自己被世事所困，失去了自己，又何止进不了家门而已。"长恨"和"何时"两句，在议论中融化着深情，化用庄子语意却不著痕迹。营营，往来不息的样子，这里是指为功名利禄而奔走劳神。在这两句之后，以"夜阑风静縠纹平"承上启下，展现秋夜江天风平浪静、寥廓美好的景致，顺着笔势，自然流出结拍两句，唱出驾舟流逝、随波漂荡、隐居江湖的心音，活画顾盼自如、欣然陶醉的意态神情，隐寓着对静谧空阔的理想天地的向往，使全篇增添了飘逸浪漫的情调。"小舟从此逝，江海寄余生"的结尾，只是词人一时寻求解脱的心声流露，想不到却引起误会，以为这个谪居的罪人真的逃走了，其实他只是喝醉了酒，睡着了而已。

全篇语言平易、流畅、精炼、优美，在短小的篇幅中写出了真景致、真性情，饶有理趣。

（撰稿：陈才智）

陈 亮

中国传媒大学播音主持艺术学院博士、教授、研究生导师。国家广播电视总局专家组成员，中广联合会有声阅读委员会专家。

浣溪沙

苏轼

细雨斜风作晓寒，淡烟疏柳媚晴滩。

入淮清洛渐漫漫。

雪沫乳花浮午盏，蓼茸蒿笋试春盘。

人间有味是清欢。

这首词作于元丰七年（公元1084年）十二月二十四日。时苏轼赴汝州（今河南汝州）任团练使，途经泗州（今安徽泗县），与泗州刘倩叔同游南山时所作。词前小序说："元丰七年十二月二十四日，从泗州刘倩叔游南山。"刘倩叔即刘士彦，时任泗州守。南山，即都梁山，因山出都梁香，故名，在泗州南郊风景区，景色清旷，米芾称该山为"淮北第一山"。

词的上片写沿途景观。第一句"细雨斜风作晓寒"，取自唐人韦庄《题貂黄岭官军》中的诗句"斜风细雨江亭上，尽日凭栏忆楚乡"。"晓寒"二字，双关着实景与节令。第二句"淡烟疏柳媚晴滩"，写出由雨转晴、自晨及午带来的景物变化：雨脚渐收，烟云淡荡，河滩疏柳，尽沐晴晖。晴滩，指的是南山附近的七里滩。"淡"和"疏"，与上一句的"细"与"斜"，都熨帖地道出了初春柔和清淡的色彩。"媚"字，指美好，此处是使动用法，动感地传递出喜悦的心声。作者从摇曳于淡云晴日中的疏柳，觉察到萌发中的春潮；于残冬岁暮之中，把握住物象的新机。第三句"入淮清洛渐漫漫"，寄兴遥深，一结甚远。"清洛"，即"洛涧"，发源于安徽合肥，北流至怀远入淮水，地距泗州（宋治在临淮）不近，非目力能及。词中提到清洛，是以虚摹的笔法，由近至远，从眼前的淮水，联想到上游的清碧的洛涧，当汇入浊淮以后，就变得一片浩茫无涯了。

下片转写游览时的清茶野餐。"雪沫乳花浮午盏，蓼茸蒿笋试春盘"，词人抓住有特征性的事物来描写：乳白色的香茶一盏，翡翠般的春蔬一盘。两相映托，具有浓郁的节物气氛和诱人的力量。雪沫乳花，是指煎茶时水面上浮现的白色泡沫。以雪、乳形容茶色之白，形象鲜明，只是比喻，并无夸张。午盏，指午茶。此句可以说是对宋人茶道的形象描绘。"蓼茸蒿笋"，即蓼芽与蒿茎，这是立春的应时菜蔬。旧俗立春时，用鲜嫩春菜、水果、饼饵等装盘，馈送亲友，称为"春盘"。这两句绘声绘色、活灵活现地写出茶叶和鲜菜的鲜美色泽，同时道出东坡与友人品茗尝鲜时的喜悦畅适、共享的清雅意趣和欢快心情，自然浑成地结出"人间有味是清欢"的感慨来。

全篇状景生动，造语清新，色彩清丽，境界开阔，在生动的画面中，寄寓着清旷、娴雅的审美趣味和生活态度，给人以美的享受和无尽的遐思。尤其是结尾一句"人间有味是清欢"，道出一个具有哲理性的命题，有照彻全篇之妙趣，为全篇增添了欢乐情调，还有清丽的诗味与理趣，令人回味不已。

（撰稿：陈才智）

王宇红

中国传媒大学播音主持艺术学院副教授，硕士生导师，国家级普通话测试员。

诵读人
李 锐

北京广播电视台播音指导，主持人。曾多次获中国新闻奖、中国广播电视大奖。

临江仙·送钱穆父

苏轼

一别都门三改火，天涯踏尽红尘。

依然一笑作春温。

无波真古井，有节是秋筠。

惆怅孤帆连夜发，送行淡月微云。

尊前不用翠眉颦。

人生如逆旅，我亦是行人。

这首送别词作于元祐六年（公元1091年）三月上旬，当时苏轼任杭州知州。他的好友钱穆父自越州（今浙江绍兴）徙知瀛州（今河北河间），途经杭州，苏轼以词赠行。

词的上片写久别重逢，下片写月夜送别。元祐初年（公元1086年），苏轼在朝为起居舍人，钱穆父为中书舍人，二人气类相善，友谊甚笃。元祐三年（公元1088年），穆父因上奏开封狱空不实被贬出知越州，都门帐饮时，苏轼曾赋诗赠别。岁月如流，"一别都门三改火"，所谓"改火"，是说古人钻木取火，四季所用木材不同，所以用"改火"比喻季节的改易、年度的更替。此次苏、钱二人在杭州重聚，已是别后的第三个年头了。三年来，穆父奔走于京城、吴越之间，此次又远赴瀛州，真可谓"天涯踏尽红尘"。二人分别虽久，可情谊弥坚，相见欢笑；又刚刚经历风尘奔波之苦，依旧开朗旷达，犹如春日之和煦，故云"依然一笑作春温"。

更为可喜的是，友人与自己都能以道自守，内心光明澄澈，保持耿介风节，不因外物变化而随风起波。"无波"句，赞友人内心平静如古井之水无波；"有节"句，赞友人节操如秋天之竹。苏轼借白居易"无波古井水，有节秋竹竿"之句，将"秋竹"改为"秋筠"。"筠"即竹皮，此处亦指竹子。这一联对仗精工，造语警拔，既是赞誉友人，也是激励自己，是对白居易诗句巧妙而恰切的点化。

欢聚总是短暂的，离别转瞬就在眼前。下片切入正题，写月夜送别友人。想到友人将夜发孤帆，在淡云微月中别杭而去，不免无限惆恨。"惆怅孤帆连夜发，送行淡月微云"两句，以"孤帆""淡月""微云"烘托出凄清的氛围，点染出送别的惆怅。"尊前不用翠眉颦"一句，由哀愁转为旷达、豪迈，古代女子用青黛画眉，所以"翠眉"用来指代美女。离宴中歌舞相伴的美女，用不着为离愁别恨而忧心颦眉。这一句，其用意：一是不要增加行者与送者临歧的悲感；二是世间离别本也是常事，则亦不用哀愁。二者看似矛盾，实则可以统一在强抑悲怀、勉为达观这一点上，这种辩证的思想，符合苏轼在宦途多故之后锻炼出来的性格。

结尾"人生如逆旅，我亦是行人"，言何必为暂时离别伤情，其实人生如寄。逆旅，即传舍、客店。此时苏轼也即将离杭北上，所以此二句似对非对，直贯而下，语含双关：一层意思是，你走了，我也即将离开；另一层意思是，人生流转，天地就是个大客店，我们都在不停地被簸弄着、变换着，但彼此"古井无波""秋筠有节"之志却是不变的。认识到了这两个层次，又不必计较眼前聚散和江南江北。苏轼以极平易的语言，用随缘自适的思想、得失两忘的襟怀、万物齐一的态度，劝慰友人忘情升沉得失，为友人解忧释虑，表达出对漂泊短暂人生的感悟。这两句既动人心弦，又引人深思，成为全篇的闪光点。

全词既有情韵，又富理趣，一改送别诗词缠绵感伤、哀怨愁苦或慷慨悲凉的寻常格调，创新意于法度之中，寄妙理于豪放之外。既有叙事、抒情，同时又无痕地融入了议论：叙事生动亲切，抒情委曲跌宕，议论深蕴哲理，充分体现了作者旷达洒脱的个性风貌。词人对老友的眷眷惜别之情，写得深沉细腻，婉转回互，一波三折，动人心弦。送别的惆怅，恰如"淡月微云"一般，不多不少，点缀得刚刚好。

（撰稿：陈才智）

江城子·密州出猎

苏轼

老夫聊发少年狂，左牵黄，右擎苍，

锦帽貂裘，千骑卷平冈。

为报倾城随太守，亲射虎，看孙郎。

酒酣胸胆尚开张。鬓微霜，又何妨！

持节云中，何日遣冯唐？

会挽雕弓如满月，西北望，射天狼。

《江城子》，词牌名。来源于唐著词曲调（唐代的酒令）。晚唐时，《江城子》在酒筵上流行，经过文人的加工，成为一首小令的词调。《江城子》原为单调，三十五字，五平韵，宋人多依曲重增一片，成为双调，七十字，上下片各五平韵。《江城子》还有许多别名，如《江神子》《村意远》《水晶帘》等。

苏轼《江城子》这首词，通过一个围猎场面的描写，抒发了词人慷慨报国、建功立业的壮志豪情。词作充满激越、昂扬的进取精神，气势恢宏，品格高远。

宋神宗熙宁八年(公元1075年)，苏轼任密州（今山东诸城）知州。密州春夏天旱，苏轼曾去常山祈雨，后来果然得雨；这一年十月，苏轼再次前往常山祭谢，归途中与同行的官员会猎于郊外，于是创作了这首词。

上片直写打猎，描绘出一幅声势浩大的行猎场面。一上来，词人便自称"老夫"，这一意象给人的感觉是衰弱、无力——其实，词人自称"老夫"，是为了引出"少年狂"，意在用强烈的对比渲染一种苍劲的气势，可谓落笔陡健、出人意料。接着，词人开始描绘飞鹰走犬捕取猎物、千骑竞出席卷山林、众人倾城前来围观的一幕幕行猎场景。紧张而又热烈的会猎场景，与词人的意气风发、兴高采烈相互映衬，给人留下深刻印象。

下片抒情言志。词人乘兴畅饮，酒酣后，豪气冲天。他说，自己尽管鬓发已经斑白，但报效国家的初心未改、豪情犹在。接着，他以西汉云中郡太守魏尚自比，期望有像冯唐那样的人为自己仗义执言，能使自己再得朝廷重用。"会挽雕弓如满月，西北望，射天狼。"这最后一句，意思是说，如果再得朝廷重用，他将到边防前线去，拼尽全力，杀敌立功。

关于这首词，苏轼在给朋友鲜于子骏的一封信中说，他最近创作了一首行猎词，由壮士抵掌顿足来演唱，吹笛击鼓打着节奏，简直是太"壮观"了。这里，苏轼说的"壮观"，指的是这首词的演唱效果，但是，如果说这也是宋词豪放派的风格特征，似乎也无不可。

（撰稿：路英勇）

周扬

　　配音演员，朗诵解说艺术家。中广联合会演员委员会理事。配音代表作：《厉害了，我的国》《互联网时代》《澳门20年》，以及国家形象片《道路》。

卜算子·黄州定慧院寓居作

苏轼

缺月挂疏桐，漏断人初静。

谁见幽人独往来，缥缈孤鸿影。

惊起却回头，有恨无人省。

拣尽寒枝不肯栖，寂寞沙洲冷。

这首词写词人仕途失意后高洁自许的情怀。苏轼于神宗元丰二年（公元1079年）十二月贬官黄州（今湖北黄冈），次年二月到达任所，寓居于定慧院，这首词即为此时所作。

词的上片，先写深夜院中所见景象，由所见景象想到自身所处境遇。半轮缺月，挂在桐树稀疏的枝丫间，筛下一片清冷的月光。此时，已是夜深人静，作者独自在院中徘徊，就像一只孤单的鸿雁，若隐若现，不知何所来，也不知何所往。无边的凄凉、孤寂，正是词人当时人生况味的真实写照。

下片继续写孤鸿。头两句写孤鸿受惊而起，惊魂未定，再三回首张望；无端遭受惊吓，却无人省察，徒留一腔怨怼。作者写孤鸿受惊之恨，其实是在写自己无辜遭谗之怨。接下来写孤鸿在寒枝间飞来飞去，就是不肯落下，宁愿飞到寂寞寒冷的沙洲。在这里，作者仍然是以孤鸿自况，意在表达虽遭贬谪，但决不攀高结贵、随波逐流，而甘愿独守节操的高洁情怀。

这首词所达到的艺术境界，堪称"高妙"。苏门四学士之一、江西诗派主将黄庭坚曾为本词题跋说："语意高妙，似非吃烟火食人语，非胸中有数万卷书，笔下无一点俗气，孰能至此！"虽未免有些过誉，但也道出了这首词之所以如此"高妙"的缘由。

（撰稿：路英勇）

雅 坤

中央广播电视总台播音员、主持人，播音指导，中国广播电视学会主持人节目研究委员会副会长。70年70人·杰出演播艺术家。

江城子·乙卯正月二十日夜记梦

苏轼

十年生死两茫茫。不思量，自难忘。

千里孤坟，无处话凄凉。

纵使相逢应不识，尘满面，鬓如霜。

夜来幽梦忽还乡。小轩窗，正梳妆。

相顾无言，惟有泪千行。

料得年年肠断处，明月夜，短松冈。

这首词是一首悼亡词，表达了苏轼对亡妻永难忘怀的真挚情感和深沉思念。这首词自问世以来，就一直广为传诵，被誉为中国文学史上悼亡之作的典范。

仁宗至和元年（公元1054年），苏轼娶王弗为妻。王弗聪敏娴静，明事理而识大体。苏轼读书时，她陪伴左右，终日不去；苏轼偶有遗忘，她便从旁提醒。一次，有客人来访，苏轼与客人交谈，她就在屏风后倾听。等客人离去，她便提醒苏轼，说此人只是顺着你在说话，不辨是非，首鼠两端，不可与之交往。因此，王弗深得苏轼敬重。夫妻二人情深意笃，恩爱有加，但好景不长，王弗在二十七岁时骤然病逝。苏轼痛失爱妻，悲痛万分，次年作《亡妻王氏墓志铭》，寄托无限哀思，沉痛之情无以言表。

熙宁八年（公元1075年），苏轼任密州（今山东诸城）知州。一天夜里，他梦见了亡妻。这一年，离亡妻故去已十年。此时，苏轼想起自己屡遭贬谪，仕途潦倒，对亡妻的思念之情愈加强烈，于是情动于衷，发而为词。

词的上片写对妻子的深沉思念。苏轼悲诉：妻啊！你离去已经整整十年了，我们一个生者一个死者，茫茫然阴阳两隔，真是令人痛心啊！虽不刻意去想你，却一刻也不能忘怀你。想起你那远在千里之外的孤坟，我心中的凄凉真不知向谁人去诉说。现在，我也老了，我们即使在路上相逢，你也可能认不出我了，因为我已是满面风尘、鬓发如霜了。

词的下片写与妻子的梦中相会。苏轼梦见：在幽幽的睡梦中，自己忽然回到了千里之外的故乡。他看到妻子正在闺房里小小的轩窗前，梳妆打扮。两人见面，深情对望，竟凝噎无语，任凭泪水打湿脸庞。现在，他终于明白，那年年岁岁让他肝肠寸断的地方，就是明月之下短松冈上那个小小的坟茔。

这首词梦境与现实相互交错，时间与空间自由转换，将对亡妻的怀念与对人世沧桑的悲戚融为一体，想象丰富，构思精巧，情真意切，催人泪下，堪称一曲荡人心弦的爱情悲歌。

（撰稿：路英勇）

刘纪宏

解放军文工团（原总政话剧团）一级演员、导演，影视编剧、表演艺术家。70年70人·杰出演播艺术家。1991年被中国广播电视学会评选为"全国十大演播艺术家"。

望江南·超然台作

苏轼

春未老，风细柳斜斜。

试上超然台上看，半壕春水一城花。

烟雨暗千家。

寒食后，酒醒却咨嗟。

休对故人思故国，且将新火试新茶。

诗酒趁年华。

《望江南》，又名《忆江南》《江南好》。本名《谢秋娘》，后改此名。二十七字，三平韵。中间七言两句，以对偶为宜。第二句亦有添一衬字者。宋人多用双调。

这首词作于熙宁九年（公元1076年）春末，正是寒食节后的清明节，地点在密州（今山东诸城）超然台，苏轼时在密州知州任上。超然台是密州北城原有旧台，早已荒废，苏轼到任后加以修葺，他的弟弟苏辙取《老子》中的"虽有荣观，燕处超然"之义，命其名为"超然"。苏轼次年登临，眺观密州春景，因时近清明，思念家乡，写下了这篇既有美妙春光的描写，又有故里乡恋的抒怀佳作。

词的上片主要以白描手法写景，"春未老"，是说还没到春深时节，三个字提纲挈领，总领整首词；无论景物，还是情怀，都围绕着"春未老"展开。"风细柳斜斜"，点明当时的季节特征，微风吹拂柔条，杨柳依依的情态，正是春虽已暮但并未老的标识。"试上超然台上看"三句，写登台所见之景。作者的目光由近及远，先俯瞰台下护城河的"半壕春水"，这是近景；再移动视线而观望"一城花"，这是中景；最后是远眺"烟雨暗千家"，这是大全景。"半壕""一城""千家"三个词，暗自形成对仗和排比，将密州清明时节的满城景物铺排展开，极具概括力和表现力。词句未用颜色字，却表现出景物明暗相映衬的丰富色彩感。"半壕春水"，水映天光，明亮发白；"一城花"，应是指梨花，明丽如雪；而"烟雨暗千家"自然是一大片灰暗的色调。

"烟雨暗千家"一句，既收束上片的写景，又引出下片的心情。"暗"字，固然是形容客观景物，但也可以说是带有主观的暗淡色彩。因此，下片一开始就写"酒醒却咨嗟"。咨嗟，即感叹。春天时节本即惆怅，登台远望，城中虽有千家，却无自己的家园，故国之思，一时涌上心头，不由得黯然销魂。此时一同登台，一样"酒醒却咨嗟"的，有刚刚到任的密州通判赵成伯，正是自己家乡眉州邻县的故人，故人思故国，乡思情倍多。

依古代习俗，寒食是为了纪念介子推，禁火三日，吃冷食物，寒食过后，重新钻木取火，称为"新火"。因此，"寒食后"就具有了两重意义：一方面是对家园桑梓的思念，对过去生活的怀念，即"对故人思故国"；另一方面是对新的事物的尝试和展望，即"将新火试新茶"。用一"休"字，将自己从对故园的眷恋中解脱出来；又用一"且"字，表示这种解脱的无奈，不得已用新火煮新茶来宽慰苦闷的心情，实现自我排遣。这里的"休对故人思故国，且将新火试新茶"，既上下句相对，又句中自对，"故人"与"故国"相对，"新火"与"新茶"相对，同时又上下联"故"

与"新"相对，十分工整，唐诗中亦有此句式，将律诗的句法移入曲子词，也是苏轼"以诗为词"的一个尝试。

承接二"新"字，最后一句"诗酒趁年华"，归于自解，恰回到词的触发点——超然台，于是，从心情暗淡的咨嗟中解脱出来，趁着春光尚好，不妨及时行乐，姑且赋诗饮酒。这句不仅与首句"春未老"暗相呼应，而且与"超然台"的取名之意彼此扣合，忘怀忧虑，无往而不乐。上片所见春景，就是高处超脱市井之外而观；下片怀乡的结果，亦归于"诗酒趁年华"——洒脱超然于物外，忘却尘世间的一切，以无所往而不乐的态度看待人生，化解种种愁绪，可见笔调流畅摇曳，豪俊洒脱，自然而有余韵。

这首词的写景抒情很有特点，写景是从明到暗，以"烟柳暗千家"结束上片；抒情则是从暗到明，以"诗酒趁年华"结束下片。词中的斜柳、楼台、春水、城花、烟雨等暮春景象浑然一体，烧新火、试新茶等细节则细腻生动。整首词乐景与哀景、哀情与乐情相互交织，相互映衬，显得抑扬顿挫，兼融美妙春光与故里乡恋，写异乡之景与抒思乡之情结合得天衣无缝，很好地表达了细微而复杂的情感变化过程，是一首景妙而论高的优美词作，体现出苏词既婉约又豪放的典型风格。结尾"诗酒趁年华"，豪俊洒脱而超然，堪称中国古代清明词的代表。

（撰稿：陈才智）

彭 坤

中央广播电视总台央视新闻主播。有声阅读委员会专家组成员。

《减字木兰花》，唐教坊曲名，此调双调四十四字，前后段各四句，为《木兰花令》上下片第一、三句各减三字，改为平仄韵互换格，每片两仄韵、两平韵。又名《减兰》《木兰香》《天下乐令》《玉楼春》《偷声木兰花》等。

这首词是苏轼被贬至海南儋州后在元符二年（公元1099年）立春所作的一首劝农春词。在宋代，儋州是非常偏远的地方，也是苏轼贬谪之路的最远端，但写这首词时，苏轼却依然乐观自在，没有流露出任何自怨自艾的情绪。

这首词前前后后用了七个"春"字，尤其上下片两个仄韵句中各自占了三个，错落有致，我们可以参照来看。先看第一句："春牛春杖，无限春风来海上。"这个"春牛春杖"，写的是立春这天农事方面的习俗。《后汉书》中说，古时立春日，要"施土牛耕人于门外"。这里，"土牛"指泥做的牛，也就是词中的春牛；"耕人"是指侍立在泥牛旁边的耕夫，他们手里的犁杖就是词中的春杖了。我们国家以农耕为本，百姓们最重视的就是粮食。在新一年的开端，大家处处都要讨个好彩头，"春牛春杖"，正是代表人们对丰收最虔诚的盼望。

下片第一韵的"春幡春胜"，则是立春这天女孩子们的习俗。"春幡"指小旗子，也叫青幡。立春这天，女孩子们会在树梢挂上许多小旗子作为装饰，辛弃疾有句词叫"春已归来，看美人头上，袅袅春幡"，写的就是这样的景象。"春胜"则是一种方形的小剪纸，女孩子们会在立春这天剪胜，也就是把春胜裁出来，当作首饰挂在簪头，作为迎春的装点。在农人和少女们的庆祝中，苏轼也受到了感染。"无限春风来海上"，他在春风中远望大海，看到了复苏的生机。

这时，他就开始惦记儋州的民生了，"便丐春工，染得桃红似肉红"——春天来了，希望拥有如此美景的水土能够养活当地的百姓吧。有人认为这句"染得桃红似肉红"说明苏轼很贪吃，看花时满脑子想的都是肉，其实是把他看得窄了：苏轼最擅于欣赏美景，但此时他意识到的是，对当地人来说，美景是填不饱肚子的。在"春牛春杖"对农事的祈祷面前，桃花红了并不要紧，让老百姓吃到肉才更重要，这才是他要乞求"春工"的事情。

于是到下片，看到装扮得漂漂亮亮的女孩子时，苏轼的反应却是"一阵春风吹酒醒"——上下片的这一句都在写春风，但上片的"无限春风来海上"带着希望与欢喜，下片"一阵春风吹酒醒"却别有一种怅惘。这阵春风把一直沉浸在儋州民生中的苏轼单独拆分了出来：在尾韵，他回到个体的视角，"不似天涯，卷起杨花似雪花"。立春这一天，黄河以北往往还是飘着雪的，比如苏轼在定州主政时，立春日的诗就写作"殷勤更下山阴雪，要与梅花作伴来"。而儋州偏僻，常被称作天涯海角，它地处热带，从不下雪，立春这一天更是已经飘起了杨絮。苏轼说，杨絮飘飞，看上去和雪花原本也没什么不同，那么天涯与中原又有什么分别呢？

这种看到种种苦难之后却依然乐观圆融的平等心，要比彻头彻尾的忘我欢快要难得多。这是苏轼经历了一生的磨折才于晚年达到的精神境界，希望大家能够体会到。

（撰稿：李让眉）

水调歌头·黄州快哉亭赠张偓佺

苏轼

落日绣帘卷，亭下水连空。

知君为我新作，窗户湿青红。

长记平山堂上，欹枕江南烟雨，杳杳没孤鸿。

认得醉翁语，山色有无中。

一千顷，都镜净，倒碧峰。

忽然浪起，掀舞一叶白头翁。

堪笑兰台公子，未解庄生天籁，刚道有雌雄。

一点浩然气，千里快哉风。

这首词是苏轼贬居黄州时所作。张偓佺，即张怀民，与苏轼同为被贬官员，比苏轼晚三年来到黄州。元丰六年（公元1083年）十一月，张怀民在新居西南筑亭，苏轼为其命名"快哉亭"，并写下这首《水调歌头》相赠。

快哉亭建在江上。词的开篇，苏轼描绘了亭中所见景观，"落日绣帘卷，亭下水连空"。登上这座小亭子时，天色已经不早，遮阳的绣帘卷起，放进了落日的光芒；江水映带着天色，仿佛与天空交融为一体。远观风景后，视角转向对亭子的近看。苏轼与张怀民开玩笑说，"知君为我新作，窗户湿青红"——知道这亭子是你专门为我新修的，看，窗棂上青色与红色的漆还都没有干呢。

赠答词中玩笑不能多开，否则会流于轻浮。写到这里，词人的情绪就从轻松转向了惆怅：这座快哉亭让苏轼想起去世多年的老师欧阳修昔日在扬州修建的平山堂。欧公有句写平山堂的词，"平山栏槛倚晴空，山色有无中"，这种若有似无的山色，就和快哉亭下水天交融的景象有相似之处。"长记平山堂上，欹枕江南烟雨，杳杳没孤鸿。"在平山堂观赏烟雨时，苏轼曾觉得人生好像一只孤独的鸟，终将消失在山色里。"认得醉翁语，山色有无中。"此时看着相似的景色，他重新想起了写《醉翁亭记》的欧阳修。

上片结束后，苏轼没有放任自己的惆怅。他平复了情绪，将记忆中的山景与眼前的江景结合起来，开启了下片："一千顷，都镜净，倒碧峰。"碧峰是倒影，水中有山，记忆与现实在宁静中混为一体。但是，"忽然浪起，掀舞一叶白头翁"——波浪冲没了回忆的影子，水天之间，苏轼看到了一只奋力飞舞的白头翁。这种鸟天然白头，寓意着年迈而高节，它不屈地和世道周旋，恰好和上片山中的孤鸿形成了对比——即使终将消逝，也要奋力飞到最后一刻。浪因风而起，而快哉亭本就得名于宋玉《风赋》中楚襄王的感叹，"快哉此风"，于是，下文跟随着风浪议论起亭名的典故："堪笑兰台公子，未解庄生天籁，刚道有雌雄。"兰台公子，指曾在楚国作兰台令的宋玉。《风赋》中，宋玉把风分为"大王之雄风"和"庶人之雌风"，认为庶人是没办法享受雄风的——但苏轼却不认同。他引用庄子的"天籁"之说，认为风是自然而然的，能超越所有是非分别。"一点浩然气，千里快哉风。"浩然气，是孟子所谓"至大至刚"的正气，苏轼认为，修养好自身的正气，就无所谓顺境逆境、雄风雌风了，无论远近、尊卑，都可以领略同样的风，这也正是他为这座亭子取名的初心。

全词雄奇中有诙谐，诙谐中有惆怅，惆怅后能奋起，吞吐自如，是一首非常出色的豪放词，希望大家能好好感受。

（撰稿：李让眉）

诵读人
孙佳池

北京广播电视台新闻广播主播，主持
《北京新闻》《新闻晨报》《整点快报》
等节目。荣获中国广播影视大奖等奖项。

西江月

苏轼

照野弥弥浅浪，横空隐隐层霄。

障泥未解玉骢骄，我欲醉眠芳草。

可惜一溪风月，莫教踏碎琼瑶。

解鞍欹枕绿杨桥，杜宇一声春晓。

这首词作于苏轼贬谪黄州期间，他在词序里讲述了创作的缘起：自己在一个春天的夜晚来到酒家饮酒。大醉中乘马经过一座溪上小桥，在桥上曲肱而枕，醒来时天色已经破晓，抬头四顾，只见周围山水正好，令人忘记了尘世间的种种烦恼，于是在桥柱上题下了这首词。这段小序写得很潇洒，民国学者顾随在《苏辛词说》中曾专门用了一节的空间来鉴赏它，夸奖苏轼是把"豪气雅量化为自在"，从而"浑融圆润，清光大来"。

其实，这几句话用来评论这首词也是很合适的。这首词节奏轻快，音声调和，不露锋芒，别有一种无拘无束的自在感。词的开篇写苏轼来到这座小桥前在马上见到的景色，因此都是远写。"照野弥弥浅浪，横空隐隐层霄。"弥弥，是指水很满的样子，而又说是浅浪，可见这条小溪水量虽然很大，但流速却不急，蕴含着一种富有生机的宁静。在月光下，他看到这条小溪流过田野，又抬起头，见到天上一层又一层的云——形容云层，苏轼的用字很精准——隐隐。这时是夜里，虽然天上有月亮，但还是很难看清楚云的具体形态，而这种不清楚给天空也带来了不确定的动感。在视线之外，可能随时在酝酿着一场风雨，抑或雷电，作为一个理性人，他是应该早点儿回到家里去的。此时，苏轼的马也在跃跃欲试，"障泥未解玉骢骄"，障泥，是垂在马肚子两侧遮挡尘土的毯子。《世说新语》中有个关于障泥的故事：一个叫王武子的人要骑马过一条河，马不肯过，王武子就说："它必定是爱惜自己身上的障泥啊。"于是让人把障泥解下来，马就过了河。这首词中，苏轼反用了这个典故，说我的障泥还没解下来，马儿就按捺不住了。显然，这匹马想尽快踏过这条小溪到对岸，但苏轼自己却不愿意过去。"我欲醉眠芳草"——他趁着酒醉，索性想倒在溪边草地上好好睡一觉。

为什么呢？下片给出了解释，"可惜一溪风月，莫教踏碎琼瑶"。他觉得此时此刻的这条小溪非常的美，在月光的照耀下好像玉石——也就是所谓的"琼瑶"一样，他不想让自己的马踏水而过，破坏这种平静。于是，"解鞍欹枕绿杨桥"——苏轼决定解下马鞍，直接靠在桥边睡一觉。桥是一座"绿杨桥"，也就是说，桥边种着柳树，刚好可以拴住他的马——柳，谐音"留"，仿佛是特地把他留在这里的一样。就这样，苏轼舒舒服服地睡着了，直到"杜宇一声春晓"。这个倒装很准确地写出了他醒来时的感受，听到杜鹃一声啼叫，苏轼悠悠醒转，睁开眼，发现自己处身于春天的清晨中。词就在这里结束了，他没有再抬头四望，而是让感受停留在了刚刚睡醒的懵懂里，给人留下了无限的遐想。古人往往认为杜宇的叫声是在说"不如归去"——你看，柳树在夜间留住了他，而杜鹃则在天明劝他早早回家，一切都是那么恰到好处，他也就顺理成章地跟随着自己的感受与观察，接受并安享着人生的每一刻遭遇。这份豁达，是苏轼人格中最令人折服的部分，希望大家能好好体会。

（撰稿：李让眉）

诵读人
刘 佳

北京广播电视台主任播音员,主持
《北京新闻》《主播的朋友圈》等栏目。

行香子·过七里濑

苏轼

一叶舟轻,双桨鸿惊。

水天清、影湛波平。

鱼翻藻鉴,鹭点烟汀。

过沙溪急,霜溪冷,月溪明。

重重似画,曲曲如屏。

算当年、虚老严陵。

君臣一梦,今古空名。

但远山长,云山乱,晓山青。

《行香子》，又名《爇心香》《读书引》。正体为双调六十六字。前片八句，四处押平韵；后片八句，三处押平韵。另有双调六十八字、双调六十四字等变体。

这首词作于宋神宗熙宁六年（公元1073年）春二月。因与神宗及主张新法的王安石政见不合，苏轼外任杭州通判。巡察富阳时，他在富春江中泛舟，经过七里濑时写下了这首词。

词的上片写江景，视角从近及远，兼写动静，非常轻快。视角起源于苏轼乘坐的船，"一叶舟轻，双桨鸿惊"——他乘坐的是一艘双桨划行的小船，船桨拍打水面，鸿鸟惊飞，转瞬又恢复了平静，"水天清、影湛波平"。眉山三苏祠里有座百坡亭，亭名取自苏轼泛舟时所作的两句诗："散为百东坡，顷刻复在兹。"它和这句词取了同样的意思：船经过，倒影散乱，仿佛同时出现了一百个苏东坡，但顷刻间又复原如初，仿佛什么也没有发生过，扰动只在瞬间，平静才是永恒的。

苏轼眼中的平静并不是一片死寂，相反，它富有生机，属于原本就生活在这片水面的生灵。"鱼翻藻鉴，鹭点烟汀"，小鱼在长满水藻的湖面里游动，白鹭在烟雾蒙蒙的水潭上停留。而苏轼这艘小船，就是这一切的欣赏者。"过沙溪急，霜溪冷，月溪明"，这里"过"是领字，后面三个句法一致的三字句，是《行香子》这个词牌的特色，读起来就好像水的波纹一样，一圈圈荡开了余韵。其中，沙溪写的是白天，霜溪写的是清晨，而月溪则是夜晚。一艘小船，经过了白昼与黑夜，缓缓行进，不同的景象就随着时间的推移，一重重展露在我们眼前。

上片写了水，下片就写到了山。"重重似画，曲曲如屏"，山色重叠仿佛画卷，山势曲折又好像是屏风。在这里，他想到了古时在富春江边隐居不仕的严子陵。严子陵名叫严光，与东汉开国皇帝光武帝刘秀是少年时的同学，刘秀当皇帝后曾三次征召他入朝，严光却坚持不肯入仕，选择在富春江畔的群山之间终老。"算当年、虚老严陵"，苏轼认为，严光和皇帝一来一去的拉扯，更近似于"钓名"，而并非真正喜爱富春江的美景。"君臣一梦，今古空名"，如今千年已过，君臣间的往事变成了空话，此间又还剩下什么呢？"但远山长，云山乱，晓山青"——只有自然是永恒的。无论是远观、是近看，是氤氲、是清明，山就在那里，亘古不变。世间的人则好像溪水中的小船，只能经过，而永远不能驾凌。

写这首词时，苏轼正值外放失意，词中对刘秀与严光的感慨，其实也有劝慰自己的意思：君臣上下之间，重用或不用，相得或戒备，最终都是"今古空名"，当看透每个人不过是世间的过客时，就没有任何愁闷能够困得住他了。在山水中自我疗愈，是每个文人的最终课题，苏轼的思考与通透，在这首词中表现得淋漓尽致，希望大家能认真体会。

（撰稿：李让眉）

定风波

苏轼

莫听穿林打叶声，何妨吟啸且徐行。

竹杖芒鞋轻胜马，谁怕？一蓑烟雨任平生。

料峭春风吹酒醒，微冷，山头斜照却相迎。

回首向来萧瑟处，归去，也无风雨也无晴。

《定风波》，词牌名，唐教坊曲名，又名《定风波令》《卷春空》《醉琼枝》等。以欧阳炯词《定风波（暖日闲窗映碧纱）》为正体，双调六十二字，上片三平韵两仄韵，下片四仄韵两平韵。另有双调六十三字及双调六十字等变体。苏轼这首《定风波》是代表作品。

由小序可知，宋神宗元丰五年（公元1082年）三月七日，词人与友人们春游，在沙湖道（今湖北黄冈东南方）突遇风雨，有带雨具者先行离去，同行者则颇感狼狈，词人却处之泰然，如常踏歌而行。过了片刻，天气转晴，便创作了此词。其时正是苏轼因"乌台诗案"被贬为黄州团练副使的第三个春天，而这首醉归遇雨的遣怀之作，也反映了词人屡遭挫折却始终潇洒豁达的胸襟。

上片刻画雨中的情景和感受，由"莫听穿林打叶声"说起，词人在狂风骤雨中依然心境舒泰，如常踏歌而行。他感到，就是竹杖芒鞋在风雨泥泞中行走，也比骑马疾驰更为潇洒。怕什么风吹雨打呢？任凭一辈子风雨交加，也要一贯地泰然自若、乐观豁达。事实上，词人仕途坎坷，政治上风雨不断，几经贬谪，晚年更被流放到蛮荒之地。但他始终没有被磨难所击倒，他不羡慕肥马轻裘的尊荣生活，他更乐意跟老百姓一样过"竹杖""芒鞋""一蓑烟雨"的平民生活。他切实地深入民间，坦然与老百姓同呼吸、共命运。

下片述说雨后的境遇和思考。微冷的春风吹醒了词人的醉意，温煦的余晖又从山头那边映照过来。在归途上回看刚才急风疾雨之处，已没有了风雨，也没有了斜晖。归途所遇，冷中有暖，时雨时晴。种种自然现象，充满了哲理，印合了人间祸福相依、逆境中存有希望的辩证关系。最后"也无风雨也无晴"一句，更见词人哲思体系的升华。面对大自然中的风雨，词人反观内心，升华到"无雨无晴"的精神境界，物我两忘，宠辱不惊，不以物喜，不以己悲。这种顿悟，使苏轼从人生困顿中得以超脱。

全词情景交融，寓意深远，旷达超脱，体现出词人作为一位哲人的深刻的生命领悟和高尚的胸怀情操。

（撰稿：冯倾城）

李仓卯

青年演员。曾获第十届北京国际电影节民族展映单元最佳男演员、《诗歌之王》传颂季全国诗歌朗诵大赛第一名。

定风波·南海归赠王定国侍人寓娘

苏轼

常羡人间琢玉郎。天应乞与点酥娘。

尽道清歌传皓齿。风起。雪飞炎海变清凉。

万里归来颜愈少。微笑。笑时犹带岭梅香。

试问岭南应不好。却道。此心安处是吾乡。

苏轼这阕词的题目是《南海归赠王定国侍人寓娘》。古代士人之间相互酬唱是常有的事，士人写词赠给歌伎也常见，但是，写词赠给朋友的歌伎并不多见。大名鼎鼎的苏轼为什么要写一阕词，专门送给好朋友王定国（王巩，字定国）的歌伎寓娘呢？据说，王定国的歌伎叫宇文柔奴，也叫寓娘，世世代代都居住在都城汴梁。当时，苏轼因为"乌台诗案"触怒当权者而被贬往黄州，他这一去，还牵连了二十多个朋友。其中，王定国受到的处罚最重，被贬到宾州，也就是现在的广西宾阳。宾州位于广南，在宋朝的时候可是个荒蛮之地，连亲朋故旧都难免对落难的王定国避之不及，谁也不曾想到，寓娘却慨然说道：我愿意追随相公，生死无妨。就这样，她随着王定国一路到了岭南，艰辛备尝。五年之后，王定国北归，苏轼为他接风，却意外地发现，老朋友并没有颓唐，反倒意气昂扬。为什么会这样呢？苏轼试探着问了寓娘一句：岭南风土应该不太好吧？寓娘淡淡一笑，回道："此心安处，便是吾乡。"苏轼一听，大为感动，就填写了这阕词，赠给寓娘。

这阕词是什么意思呢？苏轼说，常常羡慕你这容颜如玉的英俊儿郎，连老天都格外眷顾你，赐给你一位肌肤如雪的美貌姑娘。人人都说听她轻启皓齿，婉转歌唱，仿佛就能回风舞雪，让暑热之地瞬间变为清凉之乡。从万里之外的岭南归来，她竟然焕发了更加夺目的容光，她微微一笑，那清浅的笑容里仿佛带着岭南梅花的清香。我试着问她：岭南瘴疠之地，该是很不习惯吧？她却说：我这颗心安放在哪儿，哪儿就是我的家乡。

这阕词中的寓娘真是内外兼美啊，就像那岭上的梅花一样，连灵魂都散发着芬芳。寓娘为什么能够"万里归来颜愈少"？就因为"此心安处是吾乡"。同样，苏轼为什么能"一蓑烟雨任平生"？也因为"此心安处是吾乡"。寓娘虽然身份低微，在精神上，却是苏轼的同道中人。其实，也不光是苏轼和寓娘，更早的时候，唐代大诗人白居易被贬忠州，就写下了"无论海角与天涯，大抵心安即是家"。无论何时、何地、何种处境，只要胸怀坦荡，俯仰无愧，就能任凭风浪起，稳坐钓鱼台，这就是我们中国文人与中国淑女的风骨和气象。

（撰稿：蒙曼）

蒙 曼

全国妇联副主席（兼），中央民族大学党委委员、历史文化学院教授，第十四届全国政协委员、提案委员会委员。主要研究领域为隋唐五代史及中国古代女性史。

扫描二维码，
收听宋词诵读

诵读人
付 佳

国家京剧院优秀青年演员，工梅派青衣。中国戏剧家协会会员。曾获全国戏曲红梅大赛金奖、CCTV第七届全国青年京剧演员电视大赛银奖等。

鹧鸪天

晏几道

守得莲开结伴游。约开萍叶上兰舟。

来时浦口云随棹，采罢江边月满楼。

花不语，水空流。年年拼得为花愁。

明朝万一西风动，争向朱颜不耐秋。

晏几道（公元1038年—1110年），字叔原，号小山，抚州临川（今江西抚州）人。晏殊第七子，早年曾受到宋仁宗赵祯赏识，后来家道中落、仕途坎坷，以致困顿潦倒。一生只做过颍昌府许田镇监、乾宁军通判、开封府判官这样的小官，却依旧故我，孤傲纯粹。黄庭坚曾在《〈小山〉序》中称赞他是"不能一傍贵人之门""论文自有体""面有孺子之色""人百负之而不恨"的"痴绝"。

晏几道与父亲晏殊合称"二晏"，亦工于词。其词风格清丽，感情深挚。题材多为言情之作，包括对往事的怀想和爱恋，缠绵悱恻，婉丽动人。有《小山词》一卷传世。

《鹧鸪天》，为宋初新调。此调仅一体，为双调，五十五字。前片四句，三平韵，第三句与第四句常用对偶；后片五句，三平韵。该调于宋代风行一时，填制广泛，位于宋代常用词调的第三位，涵盖恋情、叙事、写景、述怀、祝颂等各种题材。除《鹧鸪天》外，此调还有《思佳客》《于中好》《思远人》等诸多别名，大多为因句得名。

"江南可采莲，莲叶何田田。"每到夏季，江南水面总会莲叶清圆，簇成一片，与挺出的莲花交相辉映。莲叶下鱼儿在嬉戏，莲叶间兰舟在穿行，采莲女欢笑着采摘莲蓬。"接天莲叶无穷碧，映日荷花别样红"，有一种清新脱俗的静物之美；莲间游戏的小鱼和采莲的少女，则别有一份活泼跳脱的动态之趣。这份趣味点染在水墨莲花中，拥有动人心弦的力量，吸引人们驻足观赏。

晏几道的这首《鹧鸪天》就是咏叹采莲的词。他在词中塑造了一个爱悦采莲的女子，以女子的口吻记叙了对采莲的期盼、采莲的惬意以及预想莲花凋零的忧伤，词风秀丽明净、轻快晓畅。

上片叙事。采莲女日日盼望着莲花开放，盼望着跟伙伴们一同游赏荷塘。终于莲花盛放，她马上约上好友，乘上荷花香草装点的小船，冲开重重莲叶，到荷塘中嬉戏。词人接下来描写了一早一晚的采莲场景：采莲女子早上从浦口入水，乘着小船，迎着朝阳，划过云朵的倒影，伴着桨声驶向荷塘；夕阳西下，莲舟满载而归，江边已是月满西楼。有人说，"来时浦口云随棹，采罢江边月满楼"是写采莲女从早上劳作到夜晚。可是从上片的感情色彩来看，整体情调应该是欢快的、喜悦的、浪漫的、诗意的，所以我们更倾向于认为词人运用现代蒙太奇的手法，以错落时空的方式、往与归的动作，抽象地表现采莲的愉悦。

下片从喜悦写到忧伤。也许就是采莲归来之时，采莲女对月赏莲：白天的喧闹按下了暂停键，莲花静静地在水面开放，荷塘的水悄无声息地流淌着。时光并非都如此静好，就像年年盼着开放的莲花，不久也将凋落。那秋日的西风一过，再美丽的荷花也耐不住秋寒，凋残枯槁，了无生气了。整首词轻盈流动，"守得""争向""不耐"等词语以女性娇憨的口吻，将采莲曲写得婉转动人、亲切可感。

（撰稿：王贺）

减字木兰花·竞渡

黄裳

红旗高举，飞出深深杨柳渚。

鼓击春雷，直破烟波远远回。

欢声震地，惊退万人争战气。

金碧楼西，衔得锦标第一归。

黄裳（公元1044年—1130年），字勉仲，号演山，延平（今福建南平）人。宋神宗元丰五年（公元1082年）壬戌科进士第一。宋徽宗政和年间，出知福州，后累迁端明殿学士、礼部尚书，卒赠太子少傅。黄裳精于礼学，又喜道家玄秘之书，自号紫玄翁。

黄裳词作题材广泛，涉及咏物、写景、闲适、节序、咏怀等，词风清淡雅正、骨力坚劲。著有《演山词》，附在《演山集》中。

黄裳现存词作中有两首写到水上竞渡的风俗：一首是《喜迁莺·端午泛湖》，专门描写了端午节人们包粽子、采菖蒲、手腕上缠系五彩线，以及龙舟竞渡等风俗；另一首就是《减字木兰花·竞渡》，浓墨重彩地描写了竞渡夺标的场景。相传，竞渡是端午节时为了纪念屈原而开展的水上活动，后来演变为民俗活动，春季和秋季都可以举办。这首词有"飞出深深杨柳渚"句，说明描写的是春季竞渡。

上片写竞渡场景。宋人竞渡，常以红旗相招作为开始比赛的信号。万众瞩目之下，人们屏息凝视，只见前方红旗高高举起，猛一挥动，竞渡的龙舟就飞也似的冲出杨柳掩映的洲渚。高举的红旗、茂盛的杨柳，安静中透出一份别样的紧张。一个"飞"字迅即拉开竞渡大幕，接下来便是前呼后应、鼓声雷动的热烈场面了。那助战的鼓声，一声紧似一声，巨大的声波就像匕首一样划破万顷烟波，在江面上来回翻滚。词人从安静写到热闹，从视觉写到听觉：一个"飞"字写出了龙舟的轻快迅捷，有如离弦之箭乍然蹿出的情状；一个"破"字则写出了竞渡已到白热化程度，眼睛已跟不上龙舟，只能听到鼓声的此起彼伏。

下片反其道而行之，从热闹写到安静，从听觉写到了视觉。激烈的比赛让人目不暇接，只听见人群中爆发一阵欢呼声，震天撼地，仿佛一下子惊退了各家龙舟肆无忌惮的鼓声。"惊退"两字用得形象传神，写出了竞渡的人们埋头苦干之际，观众的欢呼声却让他们猛然抬头，惊愕地看向最前方的龙舟，确认了自己的失败后沮丧退却的心理。金碧辉煌的水殿西侧，静静地停泊着一条小船，小船上立有标杆，上面悬挂着锦标彩头。得胜的人们把锦标取下，垂在龙舟的口中，闲闲归去。唐代卢肇《竞渡诗》有"向道是龙刚不信，果然夺得锦标归"。这首词中的"衔"字用卢肇诗意，与龙舟的形状和锦标垂挂的位置切合，且透出一种胜利者的悠然自得。

黄裳此词颇为难得，不只因为他描写了龙舟竞渡的民俗，为后世留下了珍贵的史料，更因为他不去交代龙舟竞渡的来龙去脉，也不做感情渲染，只集中笔墨描摹竞渡的全过程。他抓住视与听的细小之处，以动静交替的方式，呈现出竞渡壮观的场面、紧张的气氛、欢快的基调以及参与者的心理，描摹准确，体物精微，独具特色。

（撰稿：王贺）

邓小鸥

一级演员，中广联合会演员委员会理事。主演广播剧作品多次获金鸡奖、百花奖、"五个一工程"奖、华表奖等。

清平乐

黄庭坚

春归何处？寂寞无行路。

若有人知春去处，唤取归来同住。

春无踪迹谁知？除非问取黄鹂。

百啭无人能解，因风飞过蔷薇。

黄庭坚（公元1045年—1105年），字鲁直，号山谷道人、涪翁，洪州分宁（今江西修水）人。宋英宗治平四年（公元1067年）进士，历任承议郎、国子监教授、国史编修官等职。后身陷党争，被章惇、蔡卞等人以其所修《神宗实录》多诬不实而遭贬。崇宁四年（公元1105年）九月，黄庭坚逝于宜州。

黄庭坚诗词文皆工，亦擅书法。作诗同苏轼齐名，并称"苏黄"；填词则又与秦观齐名，并称"秦黄"。其作诗推崇杜甫，风格奇崛，造语奇特，却又严谨细密，讲求章法，为江西诗派之先驱。黄庭坚移诗法入词，风格硬瘦，且好用典故，也有清新隽永、飘逸优美之作。今有《山谷词》《豫章黄先生集》等作品传世。

《清平乐》，原为唐教坊曲名，后用为词牌名，兴起于唐代，流行于宋代。此调共三体，其中正体为双调四十六字：上片四句二十二字，四仄韵；下片四句二十四字，三平韵，是为平仄韵转换格。此调在兴起之初，内容多为抒发相思恋情，具有五代词的特点；入宋后，题材不断扩大，涵盖家国情怀、个人情志、生活趣味等多种内容。

这是一首风格清新的小令，词人用简练的语言，抒发了对春天的无限眷恋。上片描述春在不知不觉中过去，起句即发问，将春拟人化，为无形的、不可触摸的春赋予了人的特质。春光不再，它归于何处？到处都是孤单冷清的迹象，寻觅不见春天的踪迹。如果有谁知道春光向何处归去，那么请呼唤它回来吧。词人写惜春之情，不直言自身对春的眷恋，而是设想春天是寂寞的，并说若有人知道春天的踪迹，要将它唤回来，极富创意，也极富生命力。

下片惜春之无踪影可以追寻，在词意上仍承接上片，然而思绪却从缥缈的想象中回归现实中来，谁能知道春风的踪迹呢？好像只有去问黄鹂。不同于哀鸣的杜鹃，黄鹂在词人笔下永远充满着朝气和活力，是生机的象征。黄鹂又是如何给予回应的呢？它也百啭千鸣，似乎迫不及待地想要说出春风的下落，然而鸟语难解，使人焦急万分却又无可奈何，所以只能任凭它随着风势飞过蔷薇丛，而后无影无踪。词人寻春未得，似有寂寞之意，然而结句只说黄鹂飞去，仍不言自身心绪，语尽情延，耐人寻味。

（撰稿：江合友）

聂一菁

北京广播电视台播音指导，《北京新闻》主播。曾获评中国播音主持金话筒奖、中国新闻奖一等奖等。

配音演员，小说演播人。曾任中央人民广播电台经济之声主持人。

虞美人·宜州见梅作

黄庭坚

天涯也有江南信，梅破知春近。

夜阑风细得香迟，不道晓来开遍向南枝。

玉台弄粉花应妒，飘到眉心住。

平生个里愿杯深，去国十年老尽少年心。

《虞美人》，词牌名，源于唐教坊曲名。因项羽姬妾虞姬而得名，后用作词牌。又名《虞美人令》《玉壶冰》《一江春水》等。双调五十六字，上下阕为两仄韵转两平韵。

黄庭坚生活于北宋新旧党斗争异常激烈的年代，多次被贬谪。宋徽宗崇宁二年（公元1103年）因《承天院塔记》一文，被朝廷指为"幸灾谤国"，被押送宜州编管。此词作于他抵达宜州的那年（公元1104年）冬天。

宜州地处西南边陲。黄庭坚从先前的贬谪地武昌出发，花了大半年才到达宜州。若是从京城开封出发，则耗时更长。如此遥远，可谓"天涯"。那一年他已年届花甲，远离故土与朝廷，历尽旅途磨难，以戴罪之身到一个艰苦陌生的环境生活，其身心摧折状况可想而知，正如现代诗人穆旦的代表作《冬》所言："人生已到严酷的冬天。"

上片首句"天涯也有江南信"，交代出作者原本黯淡凄凉的心境和此刻看到梅花时的惊与喜。首先是带着点儿怀疑的惊讶。难以置信，这边陲之地居然有江南常见的梅花？惊之余是喜，内心悄然升起希望，感悟到季候的变动——春天将至了。紧接着他写梅花从深夜到清晨绽放的过程：夜里还几乎闻不到香气，"晓来"向阳枝头已是花朵灼灼。不必说，这时香味也是十分馥郁了。首句的"也有"和第四句的"不道"均表达惊喜，但情绪上的热度是递升的，从初见梅花时的疑而惊、惊而喜，到见梅"开遍"时的狂喜。上片四句，时间上有夜晚有清晨，感官上有视觉有嗅觉，情感上有低有高，可谓内蕴丰富，而不事雕琢，全出胸臆。

下片用了一个"梅花妆"典故。该典故首见于唐白居易的《白氏六帖事类集》，后世层层敷衍，到宋代《太平御览》变成："宋武帝女寿阳公主人日卧于含章殿檐下，梅花落公主额上，成五出花，拂之不去。皇后留之，看得几时，经三日，洗之乃落。宫女奇其异，竟效之，今梅花妆是也。"这是一个充满少年情怀的典故，清纯、清新、轻松，表现了作者在偏僻异乡被梅花唤起的兴奋而美好的情愫。亦如穆旦所写："呵，生命也跳动在严酷的冬天。"

心情大好的他，大约涌起了饮酒的冲动——他这辈子爱喝酒，有"人生莫放酒杯干"的名句，当此良辰美景，真想开怀畅饮啊！可是眼下这处境，如何能畅饮呢？从宋哲宗绍圣元年（公元1094年）在京城初次被贬，到如今正好是十年。十年来，宦海波涌，打击不断，他已垂垂老矣，不复有少年之兴致了。一年之后，黄庭坚病逝于宜州。

尽管此词结尾消沉，但中间所跳动着、闪耀着的光明与希望，也激励着我们去发现生活中的美好。生命不息，希望不止。

（撰稿：肖亚男）

扫描二维码，
收听宋词诵读

诵读人
张 悦

念奴娇

黄庭坚

断虹霁雨，净秋空，山染修眉新绿。

桂影扶疏，谁便道，今夕清辉不足。

万里青天，姮娥何处，驾此一轮玉。

寒光零乱，为谁偏照醽醁。

年少从我追游，晚凉幽径，绕张园森木。

共倒金荷家万里，难得尊前相属。

老子平生，江南江北，最爱临风笛。

孙郎微笑，坐来声喷霜竹。

黄庭坚因受党争牵连，自宋哲宗绍圣元年（公元1094年）开始，不断遭受宦海波涛的冲击，被贬谪到各偏僻之地。然而无论在哪里，他都以其人格魅力、学问才华，赢得当地读书人和老百姓的敬仰、尊重和照顾。青年学子纷纷前来请教。黄庭坚也热心授学，留意发掘和培养人才。身处逆境的他依然积极播撒读书种子，推动了落后地区的文化发展。

　　元符元年（公元1098年），他改移戎州（今四川宜宾）安置，翌年（公元1099年）八月十七日，他与一群青年人相约，从永安城楼步行到一位叫张宽夫的朋友家里饮酒赏月。聚会上有位小伙子叫孙彦立，善于吹笛。黄庭坚为配合他的笛声，写下了这首词。

　　这首词上片写赏月所见。雨后，天空出现一段彩虹，秋空明净如洗，而青山经过雨水冲洗，也十分清新。《西京杂记》谓卓文君"眉色如望远山"，此处反而将山色比作美人的长眉，别开生面。八月十七，中秋已过，虽说"月盈则亏"，但今晚的月亮在作者看来依然明亮。古人想象月中阴翳为桂树，作者认为繁茂的桂树也没减却今晚月亮的清辉。由传说中的桂树，自然而然地说起传说中的姮娥（嫦娥）。作者想象嫦娥正驾驶着玉轮（月亮的雅称），驰骋碧空。这里塑造出一个独立超迈的嫦娥，不同往昔那种悲戚、寂寞、哀怨的形象，可以理解为作者精神品质的外化。醽醁，古代的一种美酒。上片末尾说，夜深了，天凉了，月光也显得凌乱而寒冷，却偏偏要照着我们杯中的好酒。

　　词人由酒自然过渡到下片的游园畅饮。一群年轻人围在黄庭坚身边，一会儿漫步游园，一会儿谈天说地，一会儿觥筹交错痛饮美酒。对于远离家乡和故人的黄庭坚而言，今晚是多么难得的欢乐时光啊！"老子平生，江南江北，最爱临风笛"三句，历来被指为豪迈之言。老子，犹苏轼"老夫聊发少年狂"之"老夫"。作者回首半生，南北颠沛，韶年已逝，但临风倾听笛子吹出的激越悠扬的音乐，这个爱好始终不改。可以想见，无论境遇多差，生活多苦，作者从未沉沦，始终保持着超然与旷达。关于"笛"，陆游《老学庵笔记》提供了珍贵资料："予在蜀，见其稿。今俗本改'笛'为'曲'以协韵，非也。然亦疑笛字太不入韵。及居蜀久，习其语音，乃知泸戎间谓'笛'为'独'，故鲁直得借用，亦因以戏之耳。"末尾的孙郎形象，也可视为作者的镜像自我。

　　这首词境界远大，想象瑰奇，气概豪伟，诚为佳作。

（撰稿：肖亚男）

张　悦

　　中央广播电视总台主持人，播音指导。曾获金话筒金奖。曾多次担任国家政府奖、金话筒奖评委。曾获主持人专业委员会德艺双馨奖、中国电视"60年60人"称号。

北京广播电视台播音指导，配音演员、导演，70年70人·杰出演播艺术家，有声阅读演员委员会专家组成员。曾担任1984年国庆阅兵大型纪录片解说。

鹊桥仙

秦观

纤云弄巧，飞星传恨，银汉迢迢暗度。

金风玉露一相逢，便胜却人间无数。

柔情似水，佳期如梦，忍顾鹊桥归路！

两情若是久长时，又岂在朝朝暮暮。

秦观（公元1049年—1100年），字少游，又字太虚，别号邗沟居士、淮海居士，世称淮海先生，北宋高邮人。宋神宗元丰八年（公元1085年）进士，历任宣德郎、太学博士、秘书省正字兼国史院编修。受党争之累，屡遭贬谪。与黄庭坚、晁补之、张耒合称"苏门四学士"。有《淮海集》存世。

秦观词在宋词中属于婉约派，多写儿女情长，或抒发身世感慨，造语清雅，描摹细腻，情思婉转。《岁寒居词话》称秦观词为"词家正音"。

《鹊桥仙》，词牌名为北宋新创，最早填词者为欧阳修，其词有"鹊迎桥路""仙鸡催晓"，故取《鹊桥仙》作调名。后来便多用于歌咏七夕。双调五十六字，上下片各五句、两仄韵。

牛郎（牵牛）星、织女星，早在先秦时代即进入先民的歌咏。《诗经·小野·大东》中就提到了织女星和牵牛星，但尚未形成一个爱情故事。到汉代，牛郎织女相爱而不相见的故事已经成型，《古诗十九首》中有一首专咏此事："迢迢牵牛星，皎皎河汉女。纤纤擢素手，札札弄机杼。终日不成章，泣涕零如雨。河汉清且浅，相去复几许。盈盈一水间，脉脉不得语。"此后历朝历代若干诗人写过这一主题。秦观此词却别出心裁，不落窠臼，超前绝后，成为歌咏牛郎织女悲欢离合的不朽之作。

上片出语缠绵，以"纤"饰云，清丽婉转。"弄巧"形容云的变化多姿，也应和了七夕取巧民俗。"飞星"即流星。流星划过夜空，是为了传递牵牛织女分别以来的相思愁恨。这二句仿佛一首渲染气氛的序曲，或是一幅宣示主题的背板，为男女主人公的相聚做了铺垫。时辰已到，这一对爱侣已悄然相聚了，并没有钟鼓齐鸣的阵仗，而是悄无声息、令人难以察觉地度过了宽广的银河，这体现了他们行动之疾迅、感情之深沉不外露。"金风玉露一相逢"，化用李商隐《辛未七夕》中的"由来碧落银河畔，可要金风玉露时"，但因入声字"一"字的短促有力，比原诗显得更加激荡炽热，写出了二人见面之后情感迸发、全面敞开、无比强烈、无比浓厚的状态。这样的爱情，的确是"胜却人间无数"的。

过片"柔情似水，佳期如梦"，语极平易，却极传神，韵味无穷，为汉语贡献了两个固定语汇。牛郎织女沉浸在如水的柔情中，全身心享受着如梦幻一般美好的相会时刻。"如梦"除表示相聚之美好外，还隐含另一重意思——因相别太久，相聚太难，眼前的会面不是在做梦吧？一念之下，他们不能不想到，离别的时刻又要到来了，喜鹊大概已铺好归去的路。可是浓情蜜意中的爱侣，怎么忍心回头看那分别的鹊桥？看都不忍看，更难以说出分别的话语。就在这离情愁绪几乎将人吞没之际，"两情若是久长时，又岂在朝朝暮暮"，如天启之语，当空垂下。它不仅一扫离别作品中常常贯穿首尾的悲戚，令人耳目一新，同时昭示了爱情可以具备的精神性与超越性，具有振聋发聩之力。

（撰稿：肖亚男）

行香子

秦观

树绕村庄，水满陂塘。倚东风，豪兴徜徉。

小园几许，收尽春光。有桃花红，李花白，菜花黄。

远远围墙，隐隐茅堂。飏青旗，流水桥旁。

偶然乘兴，步过东冈。正莺儿啼，燕儿舞，蝶儿忙。

这首《行香子》不是典型的婉约词，此词在秦观词中可谓独具一格。这首秦观的《行香子》，是双调六十六字，但一共有十处押韵，比词牌正体要求的韵脚多出几个。

　　此词写春季词人在乡村的所见所闻，描绘出一幅优美的游春图：绿树环绕着整个村庄，池塘里的水满了。春风轻拂，作者兴致勃勃，漫步阡陌。他经过一个小园，看到红的桃花、白的李花、黄的菜花，将春天装点得充实美丽。向远处张望，他看到了围墙，墙里隐隐约约露出了茅屋草堂。走近了，是一家酒肆，门口飘着青色的旗帜。古代酒馆悬挂的旗帜多为青色。唐元稹《和乐天重题别东楼》中的诗句："唤客潜挥远红袖，卖垆高挂小青旗。"宋张孝祥《拾翠羽》词也有"想千岁，楚人遗俗。青旗沽酒，各家炊熟"句。酒馆挨着桥头，桥下流水哗哗。作者乘兴继续走着，缓步过了东边的小山冈，只听见黄莺发出的悦耳啼叫；燕子在空中展露舞姿，蝴蝶在花丛中忙忙碌碌地飞来飞去。全词如一幅生动的画卷，令人赏心悦目。

　　韩愈有言："欢愉之辞难工，而穷苦之言易好也。"这首《行香子》是成功的欢愉之词。其成功大约有三个原因：首先是语言活泼俊快，避用艰深辞藻，口语化非常明显，通俗而淳朴，自然而富有韵味。其次是韵脚多，节奏感强，朗朗上口。再次是善于白描，笔墨简练。只轻轻点出典型事物，却令人自动产生遐想。上片点出三种颜色的花，就揭示出百花竞放、春光无限的繁华；下片点出黄莺、燕子、蝴蝶的活动，就渲染出万物在春季迸发的生命力，总体上展现了大自然的生机勃勃。

（撰稿：肖亚男）

阿　紫

　　著名诗人、词作家、朗诵表演艺术家。教育部全国青少年诵读活动专家、中广联合会文化艺术视听传播委员会副会长、中华儿童文化促进会专家委员会委员。

鹧鸪天

贺铸

重过阊门万事非。同来何事不同归。

梧桐半死清霜后，头白鸳鸯失伴飞。

原上草，露初晞。旧栖新垄两依依。

空床卧听南窗雨，谁复挑灯夜补衣。

贺铸（公元1052年—1125年），字方回，号庆湖遗老，卫州（今河南卫辉）人。曾任泗州、太平州通判，晚年退居苏州。好以旧谱填新词而改易其调名，谓之"寓声"。其词风格多样，善于锤炼字句，又常运用古乐府及唐人诗句入词。内容多刻画闺情离思，也有嗟叹功名不就、纵酒狂放之作。又能诗文。有词集《东山词》、诗集《庆湖遗老集》。

　　这首词是贺铸悼念亡妻赵氏所作，情深辞美，字字血泪。上片"重过阊门万事非。同来何事不同归"，写重回阊门思念伴侣的感慨。阊门是苏州西北的城门。当词人再次经过这里时，想起相濡以沫、携手半生的妻子已经溘然长逝，只觉得痛上心头。于是顺着这种汹涌的情绪，词人就势道出"同来何事不同归"，像是在喃喃自语，也像是带着埋怨的口吻向妻子发问：明明和我同来，为什么我们不能一同归去，要先我而去呢？接下来两句："梧桐半死清霜后"，先以枚乘《七发》之典，以半死梧桐喻自己丧偶失伴之痛；"头白鸳鸯失伴飞"，再说自己如同失去伴侣的鸳鸯，孤独倦飞，不知所止。无限寂寞之情，溢于言表。

　　过片起兴。"原上草，露初晞"，晞，意为干掉。古乐府《薤露》中有："薤上露，何易晞。露晞明朝更复落，人死一去何时归？"用草上露易干喻人生短促。"旧栖新垄两依依"，写到词人徘徊于充满妻子回忆的旧居和妻子逝去的新坟上，两处都依依不舍。末二句"空床卧听南窗雨，谁复挑灯夜补衣"，词人夜不能寐，思绪随着窗外淅淅沥沥的雨，回到往日妻子为其挑灯补衣的温馨场景中。只用平实的细节写出两人旧日的恩爱场景，可见妻子的勤劳贤惠、温存体贴。越温馨，越想念，越孤寂，越伤神，极具艺术张力。那些逝去的美好都不会再回来了，只剩下怀念的人在无尽的回忆中徜徉，那些美好曾经有多温暖，现在回忆起来就有多苍凉。这首词既写今日寂寞痛苦，也回忆过去温馨，可见夫妻相濡以沫、情意深厚，令人一读难忘。

（撰稿：江合友）

曲敬国

　　原解放军艺术学院教授、硕士生导师，资深影视剧配音演员。配音代表作：《三国演义》《水浒传》等。

六州歌头

贺铸

少年侠气，交结五都雄。肝胆洞，毛发耸。

立谈中，死生同。一诺千金重。推翘勇，矜豪纵。

轻盖拥，联飞鞚，斗城东。

轰饮酒垆，春色浮寒瓮，吸海垂虹。

闲呼鹰嗾犬，白羽摘雕弓，狡穴俄空。乐匆匆。

似黄粱梦，辞丹凤，明月共，漾孤篷。

官冗从，怀倥偬。落尘笼，簿书丛。

鹖弁如云众，供粗用，忽奇功。

笳鼓动，渔阳弄，思悲翁。

不请长缨，系取天骄种，剑吼西风。

恨登山临水，手寄七弦桐，目送归鸿。

《六州歌头》，本为军乐，北宋人据其声制为词调，其声情激越，音调慷慨。此调共九体，平仄韵皆有，其中正体为双调，一百四十三字。上片十九句，八平韵、八叶韵；下片二十句，八平韵、十叶韵。因其声昂扬，故而多怀古咏史、抒发壮志豪情之作。

据学者考证，这首词创作于哲宗元祐三年（公元1088年）秋，这年贺铸三十七岁。当时他担任和州（今安徽和县）管界巡检，是负责地方上训治甲兵、巡逻州邑、捕捉盗贼等的武官。虽然位卑人微，却始终关心国事。当时西夏屡次侵犯宋朝边境，此词所抒发的对戎马倥偬生活的向往，即与此有关。

起句"少年侠气，交结五都雄"，为上片奠定雄豪的基调。上片为作者青年时期的生活回忆，少年侠客，有任侠之风，居京城，结交八方豪士，对朋友肝胆相照，一诺千金，不惧强权，笼统处着笔刻画出少年侠客们性格中"侠"的一面。既而，又以斗车纵马出游之畅、酒肆狂歌痛饮之豪、携鹰带犬射猎之功等数个细节，实实在在地刻画出少年英豪们性格中"雄"的一面。一半"侠"，另一半"雄"，从梗概与细节两方面与起句对应。然而上片之末句"乐匆匆"，区区三字，便将之前大肆铺洒的慷慨雄放的气势遏制下来。

下片首句承接上片末句，将已经收束的豪放进一步压制，"黄粱梦"句借典故将读者从过去美好的回忆中拉出来，进入惨淡的现实中。京城的生活如梦一般逝去，如今的自己做着闲散小官，乌篷荡舟，孑然一人，只有明月相伴。囚于官场的牢笼中，职小官卑，每天对着数不尽的文书事务，"鹖弁如云众"，平凡得如同芸芸众生。在朝廷重文轻武的政策下，这样的武将又何止自己一人？作者为天下报国无门的千万武官呐喊，词的氛围便从下片伊始的怆然改为悲愤。此后词的情感浓度也随着战事开展而达到最高潮：军乐奏响了，边疆战乱随之而至，可怜我白发苍苍，空怀满腔抱负，却抗敌无处，就连手中的宝剑都在嘶吼哀鸣。在这充满愤慨的呐喊后，末三句情感再度变化，激愤又化为悲凉，所求不得，只能寄情山水之间，登临游荡，惆怅满怀。

北宋词多唱婉约之声，作剪红刻翠之调，当时像贺铸一般在词中宣泄家国情怀的作品并不多见。

（撰稿：江合友）

陈 光

北京广播电视台主持人，配音演员，配音导演。曾任《北京新闻》等广播节目的主播。同时领衔多部影视剧重要角色的配音导演和配音工作。

扫描二维码，
收听宋词诵读

诵读人
伍凤春

研究会广播剧专家评析最佳女演员奖。
个『一工程』奖，获第十八届中国广播剧
配音导演、配音演员。作品多次获『五

踏莎行

贺铸

杨柳回塘，鸳鸯别浦。绿萍涨断莲舟路。

断无蜂蝶慕幽香，红衣脱尽芳心苦。

返照迎潮，行云带雨。依依似与骚人语。

当年不肯嫁春风，无端却被秋风误。

《踏莎行》，北宋新制词调，创调之人一说寇准，一说陈尧佐，调名来源于唐人陈羽《过栎阳山溪》"众草穿沙芳色齐，踏莎行草过春溪"之诗句。"莎"为莎草，《踏莎行》调名本意为咏古代在清明时节民间流行的踏青活动。本调共三体，其中正体为双调五十八字，前后片各五句，三仄韵。句式奇偶相间，声韵和谐。另有《踏雪行》《柳长春》《惜余春》等别名。

这是一首咏物词，所咏的对象是荷花。贺铸性格耿直，且有狂放之风，不肯谀媚权贵，故而一生沉沦下僚，未能施展抱负。《宋史·文苑传》说他"竟以尚气使酒，不得美官，悒悒不得志"。词人继承屈原所开创的"香草美人"的文学传统，将荷花比作一位幽静贞洁、盛年不偶的美人，借以自况，抒发自身沦落不遇的感慨。

上片围绕荷花所处幽静僻远的环境来写，突出其孤高落寞。起三句"杨柳回塘，鸳鸯别浦。绿萍涨断莲舟路"，点出荷花所处的位置：在杨柳环绕着的曲折的池塘中，在偏僻的水渠旁。不仅如此，池塘上绿色的浮萍密集交错，挡住了采莲人的小舟。在这种环境中的荷花，无人问津是必然的结局。后二句"断无蜂蝶慕幽香，红衣脱尽芳心苦"：荷花不仅无人采撷，而且竟然连采花的蜜蜂、蝴蝶也没有。所以无论荷花开得多么艳丽灿烂、满身幽香，也无人欣赏，徒然脱落了红色的花瓣，留下莲心自苦。上片将花比人，处处双关，荷花的处境又何尝不是词人自身的写照呢？花开偏僻暗指自己沉沦下僚，萍断莲舟暗指自己无人引荐，蜂蝶不来暗指自己无人赏识，红衣凋尽则暗指自己岁月蹉跎，莲心之苦更以自然的物性含蓄道出词人内心的痛苦。

下片以荷花的口吻感慨自身的悲剧命运。"返照迎潮，行云带雨"两句，情中有景，落日余晖返照在荡漾的波纹之上，迎接着"别浦"的潮水。天际的流云不时泼洒几点雨水，落在荷塘之上。景物刻画传神生动，连其中流露出的寂寞情怀都那么让人动容。这么美丽的荷花，无人欣赏，再美亦是徒然。"依依似与骚人语"一句，将荷花拟人化。"依依"形容荷花随风摇摆的样子，"骚人"即诗人，"似"，好像。作者设想荷花于莲舟不来、蜂蝶不慕、红衣自落的幽独处境中，要将满腔心事，向词人倾诉。结拍"当年不肯嫁春风，无端却被秋风误"二句，紧承上句而来，设想荷花倾诉的内容。"当年不肯嫁春风"，反用张先《一丛花令》"沉恨细思，不如桃杏，犹解嫁东风"的词意，荷花高洁不群，不肯在春天开放，而毫无来由地自开自落，芳心独苦，被秋风给耽误了。这两句表层意义是荷花的倾诉，深层意义则是词人的人生自况，他出身贵族，却个性突出，孤高自许，与官场风习产生矛盾冲突，因此仕途坎坷，郁郁不得志，于是将内心的悲愤感慨借荷花之口道出。

这首词通篇以荷花为比，借以抒发志士怀才不遇的悲慨，比拟自然，贴切准确，含蓄生动，寄托遥深。清人陈廷焯《白雨斋词话》赞叹不已，以"骚情雅意，哀怨无端"评之，可谓咏物词的上品佳作。

（撰稿：江合友）

文化学者，中国美术家协会会员，北京扇子艺术协会副会长。齐白石再传弟子、齐派艺术当代最具代表性传承人之一。
家协会副主席，北京东城区美术

摸鱼儿·东皋寓居

晁补之

买陂塘、旋栽杨柳，依稀淮岸江浦。

东皋嘉雨新痕涨，沙嘴鹭来鸥聚。

堪爱处。最好是、一川夜月光流渚。

无人独舞。任翠幄张天，柔茵藉地，酒尽未能去。

青绫被，莫忆金闺故步。儒冠曾把身误。

弓刀千骑成何事，荒了邵平瓜圃。

君试觑。满青镜、星星鬓影今如许。

功名浪语。便似得班超，封侯万里，归计恐迟暮。

晁补之（公元1053年—1110年），字无咎，号归来子，济州巨野（今属山东）人。早年随父官游杭州，携文拜谒苏轼，得以相交，后成为"苏门四学士"之一。宋神宗元丰二年（公元1079年）登进士第，历任秘书省正字、校书郎、知河中府、吏部员外郎等。因坐元祐党籍，多次被贬起复。宋徽宗大观四年（公元1110年），起知泗州，卒于任所。

晁补之嗜学不倦，勤于著述，诗词文兼擅。但大多著述亡佚，现存仅《鸡肋集》七十卷，词集《晁氏琴趣外篇》六卷。其词多涉贬谪与田园，格调俊爽，语言晓畅，有苏轼神韵。

唐教坊曲有《摸鱼子》，原为民间捕鱼时所歌之曲。北宋时人们根据旧谱制作《摸鱼儿》，最早见于欧阳修词。此调以晁补之词为正体，双调一百一十六字，上片十句六仄韵，下片十一句七仄韵。因晁补之词有"买陂塘、旋栽杨柳"句，又名《买陂塘》《陂塘柳》《迈陂塘》等。此调分别用三、四、五、六、七、十字句式，节奏富于变化，用韵疏密相间，往往流畅中见幽咽，婉转中蕴豪情。

宋徽宗崇宁元年（公元1102年）秋，宰相蔡京罗织司马光、苏轼等一百二十人罪状，请御刻"元祐党人碑"，党籍中人一律"永不录用"。晁补之赫然在列，并于次年免官退隐。他回到老家济州，在金乡东皋买地修园，过起隐居生活。这首《摸鱼儿》就是此时所作，其主旨从陶渊明《归去来兮辞》"实迷途其未远，觉今是而昨非"句生出，上片写今日退隐之乐，下片则写过去官场之苦，于一乐一苦、一扬一抑之间刻画出词人厌倦官场、乐守田园的形象。

词人一到金乡，就买下东皋的山坡池塘，立马栽上杨柳。可以想见不久的将来，这里会是杨柳夹道、芙蓉映水，跟那淮水江边景致无二。"旋"字用得好，把词人因退隐而快意的心情描写得淋漓尽致。好雨知时节，新痕涨陂塘。那些传说中内心恬淡、毫无机心的水鸟聚在沙洲上，陪伴着退隐的词人。"堪爱处"，是说如此陂塘、如此鸥鸟都是恰到好处的可爱。而其中他最喜爱的莫过于那月光流转中的流水和沙渚，一洗铅华，岁月静好。每到那时，天地间了无一人，在翠绿树冠张开的天幕下，词人踩在平整如茵的绿草上自在地吟哦舞蹈，不舍离去。

换头以"青绫被""金闺"一转，由田园宕开，写到退隐的缘由。曾经入值台阁盖过的青绫被，还有那待诏时走过的金马门，都不要再去回忆了。杜甫曾经说过"儒冠多误身"，其实不止文官儒士，当年曾携弓刀、率千骑，出任地方官的词人，也终究没有成就一番事业，徒然荒了自家的园圃。邵平为秦朝东陵侯，秦亡后在长安城东种瓜为业。这里用"邵平瓜圃"代指词人的东皋陂塘。词人本已觉察自己华年已逝，试着偷偷看向青镜，才发现他比想象中还要衰老。"满"字用得伤怀，写出入眼皆衰老的惊疑与愕然。他不由得感慨：求取功名原是一些不切实际的空想啊，即便能像班超那样，万里封侯，等归来筹谋退隐时，已是迟暮之年，没有太多时间体会田园之乐了。

田园固然有许多乐趣，但就像陶渊明隐居之时，仍旧高歌"聊为陇亩民"一样，晁补之在这首词中也表达了他的不甘与愤慨：上片的独孤起舞、尽醉而不归，绝不是沉醉于田园的喜悦，而是有着一种"狂歌度日"的孤绝之气；下片"莫忆"是提醒自己不要回忆，更是透露出不忍回忆的悲痛；而"青绫被""金闺""弓刀千骑""封侯万里"的一气呵成，正写出了他的理想一步步破灭的沮丧；"归计恐迟暮"，用班超的事例宽慰自己，却也从反面说明了他曾经对功成名就的热望以及如今理想破灭的感喟。刘熙载《艺概》曾赞晁补之此词"堂庑颇大"，为辛弃疾《摸鱼儿（更能消、几番风雨）》所本。此词傲兀跌宕、感慨深沉处，确实可与辛词风格相通。

（撰稿：王贺）

苏幕遮

周邦彦

燎沉香，消溽暑。鸟雀呼晴，侵晓窥檐语。

叶上初阳干宿雨，水面清圆，一一风荷举。

故乡遥，何日去？家住吴门，久作长安旅。

五月渔郎相忆否？小楫轻舟，梦入芙蓉浦。

周邦彦（公元1056年—1121年），字美成，号清真居士，钱塘（今浙江杭州）人。早年入太学，因献《汴都赋》升任为太学正。后历任国子监主簿、校书郎等职，政和六年（公元1116年）提举大晟府。宣和三年（公元1121年），逝于南京，获赠宣奉大夫。

周邦彦精通音律，善制词调，词作格律谨严、典雅秾丽。长调尤重铺叙与勾勒，技法高超，结构严密，代表作品有《兰陵王·柳》《六丑·蔷薇谢后作》等。近人王国维评周邦彦为"词中老杜"，称赞他词艺高超。现有《片玉词》十卷传世。

周邦彦善音律，作词以富丽精工、勾勒绵密见长，最为后人称道的多是他的三叠、四叠长调。这首《苏幕遮》在周邦彦词中则较为另类，它短小轻盈，清新流畅，不尚雕琢，却独有风致。

词人在上片运用白描手法，描写了夏季夜雨后一个欢快的清晨：房间里沉香轻燃，缕缕芬芳与淅沥夜雨合奏一曲清爽的乐曲，抚慰着因暑热而躁动的万物。鸟雀仿佛呼唤着晴天的到来，趁着破晓的清凉在屋檐间叽叽喳喳。透过檐窗，词人看向庭院。初阳渐高，池塘荷叶上晶莹的宿雨慢慢干燥，从水面上凸显出来，翠绿圆润。清风拂过，托出一枝枝袅娜的荷花，"亭亭净植"。在周邦彦笔下，这三组场景并非简单罗列，而是有着时空的顺序：首二句是写夜雨时分，屋内的宁静；次二句是写破晓时分，屋檐下的热闹；后三句是写朝阳渐起，屋外荷花的清丽。最后落笔在荷花，又为后文思乡埋下伏笔。

过片从荷花写到家乡。为什么荷花会让词人想到家乡呢？他暂时留下悬念，只是娓娓道来：遥远的故乡，我何时才能回去？家就在江南吴地，可是在京城做官的我却只能遥望怀想。不知道初夏的早晨，打鱼的友人们是否还能想起远在北方的我，想起我们当年驾着小船，划着小桨，轻快地钻进荷花丛中。直到全词结束，词人上片提到的眼前荷花池与回忆中的荷花丛，还有怀想中渔郎嬉水芙蓉浦汇于一处重叠往复，带着对故乡的思念与怀想摇曳在眼中，也摇荡在心里。

周邦彦用五月初夏的清晨以及雨后清荷作为媒介，贯穿了今与昔、现实与回忆、眼前景与过去事，将思乡融入其中，绵密谨严。在写思乡时，又从对面敷笔，写家乡人思念京城的词人，更显工巧多情。如此巧思，浑然无迹，无意中牵出似有若无的思乡情，流丽婉转，风情独步。尤其上片后三句对荷花风姿的描写，打破了传统神似的思维，独具现代的真实感，常令人感叹周邦彦笔力的深厚。

（撰稿：王贺）

洪盈盈

澳门广播电视股份有限公司财经节目主编及主持人，具有十多年媒体工作经验。

北京广播电视台主持人、记者、评论员，一级播音员。现主持北京新闻广播《主播在线》等节目，北京新闻奖、北京广播影视大奖获得者。

隔浦莲近拍·中山县圃姑射亭避暑作

周邦彦

新篁摇动翠葆，曲径通深窈。

夏果收新脆，金丸落，惊飞鸟。

浓翠迷岸草。蛙声闹，骤雨鸣池沼。

水亭小。浮萍破处，帘花檐影颠倒。

纶巾羽扇，困卧北窗清晓。

屏里吴山梦自到。惊觉，依然身在江表。

《隔浦莲近拍》，词牌名，又名《隔蒲莲》《隔蒲莲近》。此调由周邦彦创调，正体双调七十三字，上下片各八句六仄韵。唐白居易有《隔浦莲曲》，调名盖本于此。"近拍"，就是词体令、引、近、慢四类中的"近"，指大曲中快要接近第三段"破"时演奏的乐曲。"近"与"引"为六拍，音调适中，是为中调；"令"为四拍，调短字少，是为小令；"慢"为八拍，音调缓长，字句较多，是为慢词。《隔浦莲近拍》就是近词最短、字数最少的词调。

周邦彦在宋哲宗元祐八年（公元1093年）至绍圣三年（公元1096年）出任江苏溧水令。县圃，就是他任上所治的园子，园里有竹林夏果、池塘青草、楼榭亭台。姑射亭就建在这里。"县圃""姑射"都是传说中的神仙居所，用此命名园林亭台，取其清凉悠闲之意，与避暑主题和词中的"纶巾羽扇""困卧北窗"相互呼应。

新出的嫩笋奋力钻出地面，仿佛把翠绿的竹林摇动得唰唰作响；竹林中弯弯曲曲的小径，通向幽深的远方；夏果丰收了，透着一股鲜嫩清脆，金黄金黄的；一颗夏果像金色的弹丸，乍然落地，惊动了正掠过的飞鸟；水汽氤氲，越来越浓稠，与岸边青草融为一体，浓绿一片；水面蛙声喧闹，阵雨应声而至，骤然落在水面上，鸣响起来。

周邦彦在上片集中笔墨，细致勾勒了阵雨间歇到阵雨又起瞬间的园圃之景。他先用阵雨后竹笋新出写点，充满了无限生机，接下来用曲径通幽写面，生机中透出韵味；他又用夏果落地写点，充满了新奇之感，接下来用氤氲岸草写面，新奇中包蕴意境；水汽加重，飞鸟归巢，雨前蛙鸣，预示着阵雨将至，紧接着就牵出"骤雨"。堪堪八句三十五字，动静结合，无一字浪费，有重点勾勒，也有气氛烘托，灵动细腻又合乎事理。有人评价周邦彦的词"愈勾勒愈浑厚"，此段写景足见他的这一特点。

骤雨初至，响动水塘。词人的目光不自觉地望向水塘：水塘中浮萍被雨冲破，映出小小的姑射亭。亭中竹帘在水中晃动如花，与规规矩矩的亭檐倒影虚虚实实，直令人恍惚是在梦中。他先前头戴诸葛巾、手摇羽毛扇，在姑射亭北窗下避暑纳凉，沉沉睡去。那枕屏上的吴山，还让他仿佛回到了钱塘老家。现在梦彻底醒来了，他发现心在钱塘，人还在溧水任上。

全词上片写景，下片抒情，二者看似绝不相关，但周邦彦硬是通过过片的水亭倒影，一笔过渡到思乡，将上下片绾合一处，笔力沉郁雄健，确实当得起"词中老杜"之称。与同是写思乡的《苏幕遮（燎沉香）》相比，这首词委曲婉转、勾勒浑厚，方是周邦彦词的本色。

（撰稿：王贺）

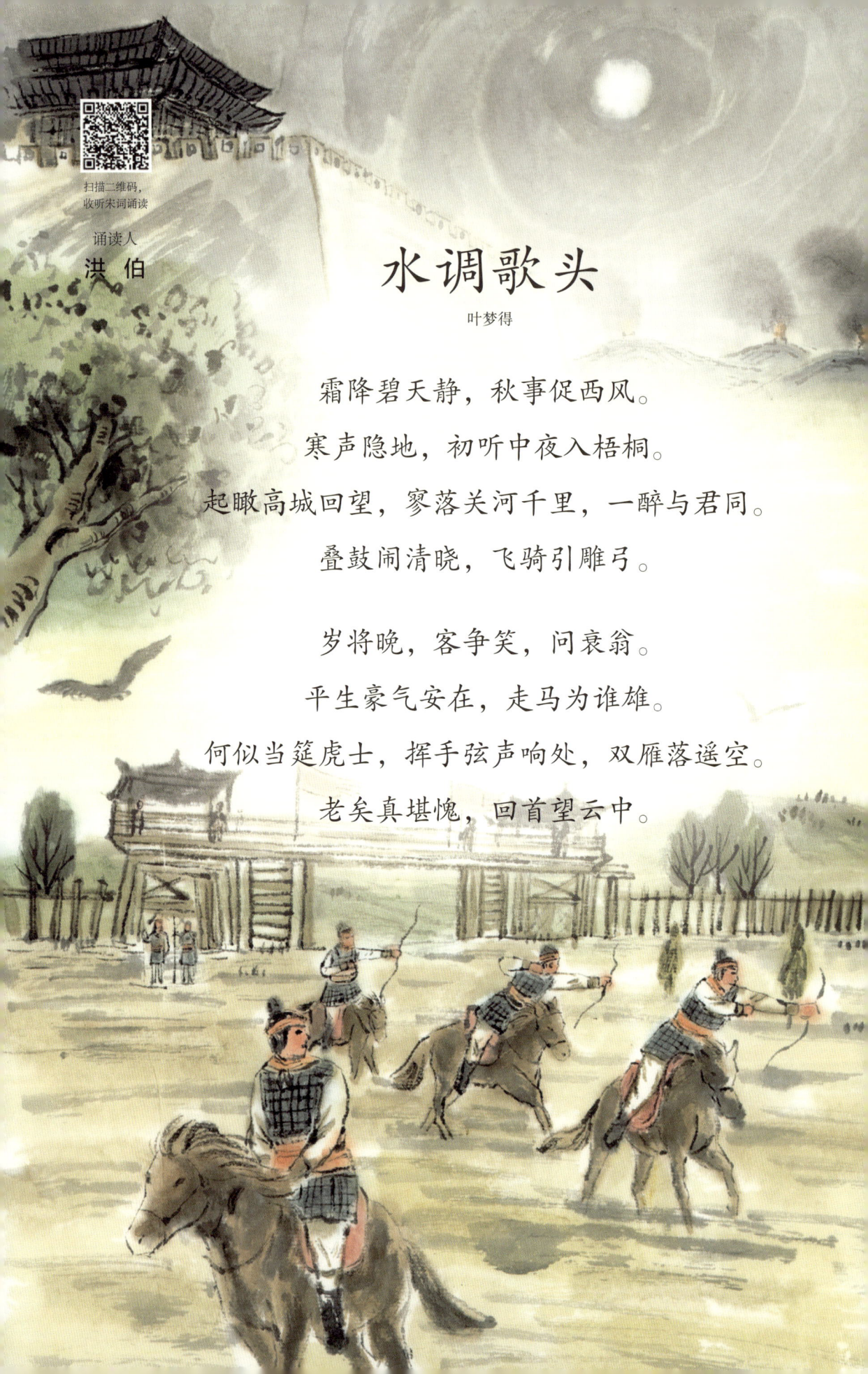

水调歌头

叶梦得

霜降碧天静,秋事促西风。

寒声隐地,初听中夜入梧桐。

起瞰高城回望,寥落关河千里,一醉与君同。

叠鼓闹清晓,飞骑引雕弓。

岁将晚,客争笑,问衰翁。

平生豪气安在,走马为谁雄。

何似当筵虎士,挥手弦声响处,双雁落遥空。

老矣真堪愧,回首望云中。

叶梦得（公元1077年—1148年），字少蕴，苏州人。绍圣四年（公元1097年）进士，历任翰林学士、户部尚书、江东安抚大使等官职。晚年隐居湖州，号石林居士，有《石林燕语》《石林词》《石林诗话》等。

叶梦得年少得志，官也做得清望。不幸的是，公元1127年遭逢了靖康之难。这首词写于他南渡后的高宗绍兴十年（公元1140年）九月十六日晨。这一年，金兵分三路，从淮河流域直到陕西一线向南宋发动战争，南宋军民奋起抵抗。词前原有小序："九月望日，与客习射西园，余偶病不能射。客较胜相先。将领岳德，弓强二石五斗，连发三中的，观者尽惊。因作此词示坐客……"这一年词人已六十四岁，任江东安抚制置大使，兼知建康府，总管四路漕计，在今天的南京负责抗金防备及筹划军饷的工作。

该词在一片肃穆的深夜秋景中展开。西风遍地，梧桐摇曳，词人凌霜登城，凭高眺瞰，心系万里关河。遂起高致，与将领纵饮啸歌，校试武艺，至于清晓达旦。其时他虽"偶病""老矣"，自嘲"衰翁"，但雄心不减。见将领岳德能连发三箭命中靶心，便想象自己能有西汉老将云中太守魏尚抗击匈奴的战功，兴起"回首望云中"的豪情。词中既有对靖康之耻与山河割裂的痛心、对沦陷区人民的担忧，也有对自己年迈无力的伤感，又有对将士武艺高强的推许与赞美，透露出失地可复、国家有望的信心。

叶梦得在北宋太平时代，写过"睡起流莺语"这样风格旖旎的作品。南渡之后，他的词作落尽铅华，在简澹肃穆的勾勒中出以雄豪，渐入东坡杰出一路，这首词很能代表这一特征。自然，他的词风转变，也是时势与年龄使然。

（撰稿：陈骥）

洪 伯

北京广播电视台高级编辑，演播人，配音演员。著有《财富新生代》等。

扫描二维码，
收听诗词诵读

诵读人
张宁

新疆广播电视台播音指导、全国普通话水平测试员、广播剧导演、编剧。作品获中国新闻奖、中国五四新闻奖、中国影视大奖等。

相见欢

朱敦儒

金陵城上西楼，倚清秋。

万里夕阳垂地大江流。

中原乱，簪缨散，几时收？

试倩悲风吹泪过扬州。

朱敦儒（公元1081年—1159年），字希真，号岩壑，洛阳人。南宋绍兴五年（公元1135年），赐进士出身，历任兵部郎中、临安府通判、秘书郎、都官员外郎、两浙东路提点刑狱等职，绍兴二十九年（公元1159年）卒。

朱敦儒继苏轼"以诗为词"外，进一步开拓了词的功能，使词除了抒发词人内心体悟之外，还能表现社会现实问题，给予后来的辛派词人以深刻启迪。朱敦儒词作内容丰富，根据创作时期不同可分为早、中、晚三个阶段，早年多游山赏乐之作，中年时期则有大量忧国伤世之篇，晚年退隐，词作又多表现闲居隐逸之情。朱敦儒有"词俊"之名，与"诗俊"陈与义、"文俊"富直柔等八位文人并称为"洛中八俊"。今有词集《樵歌》三卷传世。

《相见欢》，又名《乌夜啼》，起源于乌啼报喜之民俗，原为唐教坊曲名。后用为词牌名，该调共五体，其中正体为双调三十六字：上片三句，三平韵；下片四句，两仄韵、两平韵。除《相见欢》《乌夜啼》外，此调还有《上西楼》《秋夜月》《忆真妃》等别名。

此词是朱敦儒在靖康之难后，仓促南逃，客居金陵（今南京），登上金陵城西门城楼所作。靖康之难，金人攻占东京，徽钦二帝被俘，北宋灭亡。词人历经国破家亡的动荡，满目疮痍，怀着对故土的怀念写下这首充满爱国情怀的词作。

词的上片写景，是词人登上金陵城楼之所见。站在城门西楼上，一片秋景，无尽的夕阳铺洒在无垠的江水上，流向无尽的苍凉里。这寥寥数字勾勒出清冷而萧瑟的景象，如同夕阳落去、江水流去一般，过往的一切繁华美好也悉数逝去，不可追回。王国维在《人间词话》中说："以我观物，故物皆着我之色彩。"朱敦儒就是带着浓厚的国亡家破的伤感情绪来看眼前景色的。他用象征手法使人很自然地联想到当时的国事如同眼前的暮景，令人心情沉重。

词的下片由写景转到直言国事。上片夕阳秋景，本身已经给读者带来萧瑟、沉重之感，下片首句则直接点出原因，直抒胸臆地表达词人的亡国之痛。中原被侵，家国遭占，士人流散，这种情况何时才能改变呢？流失的国土哪年才能收复呢？作者抒发恢复中原、还于旧都的殷切愿望，同时也是对朝廷苟安旦夕、不图恢复的愤慨和抗议。词人末句使用拟人的修辞手法，风为物，本无情感，却因作者的激愤而染上悲慨。风悲、景悲、人悲，不禁潸然泪下，这不只是悲秋之泪，更重要的是忧国之泪。作者希望这"悲风"能将词人的愤怒与希冀吹到当时抗金的战场扬州，表现了词人对前线战事的关切。

全词声情悲慨，气魄宏大，将文人志士对国家命运的关切之情表现得淋漓尽致。

（撰稿：江合友）

喜迁莺·晋师胜淝上

李纲

长江千里。限南北、雪浪云涛无际。

天险难逾，人谋克壮，索虏岂能吞噬。

阿坚百万南牧，倏忽长驱吾地。

破强敌，在谢公处画，从容颐指。

奇伟。淝水上，八千戈甲，结阵当蛇豕。

鞭弭周旋，旌旗麾动，坐却北军风靡。

夜闻数声鸣鹤，尽道王师将至。

延晋祚，庇烝民，周雅何曾专美。

李纲（公元1083年—1140年），字伯纪，号梁溪居士，祖籍福建邵武，生于江苏无锡。徽宗政和二年（公元1112年）进士。官至尚书右仆射兼中书侍郎，旋遭罢免。今人辑有《李纲全集》。

《喜迁莺》，词牌名，又名《鹤冲天》《喜迁莺令》等。双调四十七字，上片五句四平韵，下片五句两仄韵、两平韵。另有双调四十七字，上片五句三平韵，下片五句两仄韵、两平韵；双调一百零三字，前后段各十一句、五仄韵等变体。代表作品有晏殊《喜迁莺（花不尽）》等。

东晋谢安指挥谢玄、桓伊等大破苻坚南侵军队的历史及细节故事，《世说新语》和《晋书》都有记载，可谓家喻户晓。名相李纲的这首词，即书写这一历史事件，属于咏史词。

词以"长江千里"四字起拍，注意这一处是押韵的。我们诵读的时候，要略有停顿，方能得此起拍之三昧。"千里"写长，"云涛无际"写宽。如此天堑，加以知人善任的深谋大略，孰能逾越而征服？是故，即使苻坚百万军队倏忽南下，直抵江北，谢安仍有底气从容处分画策，词人夸张地说，谢安只要用下巴稍微指一下，就能赢得胜利。

上片既明天险，也表人谋，概括历史事件的地、时、人，用笔极为精炼。下片则着力写淝水大捷的细节及其影响。正如过片"奇伟"二字所云，此战"奇"也，其功"伟"哉！注意"伟"字处也是押韵，诵读时应停顿，方能体会过片之声情、作者之豪情。奇在何处？乃是谢玄广树旌旗，大布疑兵，使得苻坚军队胆怯而奔溃，逃跑路上听到一声鹤鸣，也以为是东晋的大军追到。此处特地挑选"鸣鹤"一词，意象高华，很是增色。结句概括此战伟在何处，即绵延了东晋的国运，荫蔽人民不被侵略者残害，可与《诗经·小雅》所咏周宣王任尹吉甫等北伐南征的周室中兴相媲美。

李纲为人胸襟显豁，这首词也写得层次分明，如洞见其肺腑然。作者选取既定事实，稍作剪裁，便挥洒成章。其笔力也正如谢安的筹划才能一样——"从容颐指"。

（撰稿：陈骥）

林 贺

北京广播电视台交通广播主持人。曾获全国金话筒播音主持奖，解说作品曾获中国广播影视大奖纪录片奖、中国电影华表奖。

声声慢

李清照

寻寻觅觅，冷冷清清，凄凄惨惨戚戚。

乍暖还寒时候，最难将息。

三杯两盏淡酒，怎敌他、晚来风急！

雁过也，正伤心，却是旧时相识。

满地黄花堆积，憔悴损，如今有谁堪摘？

守着窗儿，独自怎生得黑！

梧桐更兼细雨，到黄昏、点点滴滴。

这次第，怎一个愁字了得！

李清照（公元1084年—约1155年），北宋女词人，号易安居士，齐州章丘（今济南章丘）人。她出身于书香门第，少年起随父亲来到汴京（今河南开封），中年遭遇靖康之变，丧夫后追随朝廷迁居南方，终老于临安，也就是现在的杭州。

李清照幼承家学，才高学博，能诗文，擅作词，尤工小令，是宋代最著名的女性词家。她的词作笔调清新，善于用平易的语言表达深婉的思绪，对后世的词人有很大的影响，前期以描写闺阁中的诗书生活为主，后期则多有悲叹身世、思念故国之作，辑有《漱玉词》。

《声声慢》，词牌名，又名《胜胜慢》《人在楼上》《寒松叹》《风求凰》等。始见于北宋晁补之词，有平韵、仄韵两体。平韵者以晁补之、吴文英、王沂孙词为正体，格律有双调九十九字，上片九句四平韵，下片八句四平韵等，另有双调九十七字等变体。仄韵者以高观国词为正体。李清照的这首《声声慢》为代表佳作。

此词为李清照南渡后所作，具体时间待考。靖康二年（公元1127年），金兵入侵中原，掳走徽、钦二帝，赵宋王朝抛下百姓，仓皇南逃。建炎三年（公元1129年），赵明诚病逝，时年四十六岁的李清照把丈夫安葬后，随朝廷由建康（今江苏南京）辗转浙东，颠沛流离间，庋藏尽失，境况悲凉。亡国恨，丧夫痛，孀居苦，她只能以创作来排遣哀愁，遂写下了这首传颂千古的《声声慢》。

上片开首一挥而就，连用七组叠词，徘徊渲染，珠玉琳琅，如泣如诉，像动人心弦的音乐一样，完美演绎了词人失魂落魄、空虚怅惘、忧愁悲苦的心情，极具艺术张力。词人娓娓道来，其时天气乍暖还寒，词人都无法成眠了。喝一点淡酒想暖一下身子，可是寒由心生，这又如何能抵挡入夜吹来的一阵阵冷风呢！仰望雁群飞过，更是感伤，那不是往日为自己传情送信的鸿雁嘛。

下片词人不禁叹息，黄菊落满一地，花容憔悴，又何堪摘取呢？痴痴地望着窗外，孤零零地怎么样才盼到天黑呢！微风细雨，梧桐树叶影婆娑，到了黄昏时分，剩下点点滴滴的雨声。这般情景，一个"愁"字又怎么能说得尽呢！

李清照是一位具有雄才大略、敢爱敢恨、巾帼不让须眉的旷世才女。面对命运的苦难，她以诗笔书写自己不屈的灵魂。此词，虽然调子显得低沉，但却表现了词人南渡后国破家亡的具体内容，有一定的政治意义和社会意义。特别是在艺术手法上，别出心裁，情真意切，诉说欲觅美好而不得的悲戚，妙用叠字，遒逸出奇，神髓天然，俱无斧痕，超然寻常笔墨之外，本色当行，堪称绝唱。

（撰稿：冯倾城）

李慧敏

一级演员，70年70人·杰出演播艺术家，中国长篇连播60年听众最喜爱的演播艺术家。曾演播《穆斯林的葬礼》《安娜·卡列尼娜》《哈利波特》等数十部长篇小说。

诵读人
肖 玉

中央广播电视总台央广播音指导，70年70人·杰出演播艺术家。曾获中国播音主持金话筒奖、第二届全国十大爱心记者、第二届广播十佳金牌主播。

渔家傲

李清照

天接云涛连晓雾，星河欲转千帆舞。

仿佛梦魂归帝所，闻天语，殷勤问我归何处。

我报路长嗟日暮，学诗谩有惊人句。

九万里风鹏正举。风休住，蓬舟吹取三山去！

靖康之变后，李清照追随行朝南渡，在建炎四年（公元1130年）的春天曾有一段海上航行的经历，本词的开篇"天接云涛连晓雾，星河欲转千帆舞"就是从这段经历切入的。词人入境给出一组天与人的对应：天上是云涛，人间是海浪；云涛里有星河，海浪里有千帆。李清照的梦魂就穿越了镜面的晨雾，听到天帝的声音，于是她殷勤地询问自己未来的归所。人与神的对话，也再次形成了一组上与下的呼应。

下片起句就是李清照的自陈了。"我报路长嗟日暮，学诗谩有惊人句"。前句隐括了屈原《离骚》中的两句诗：路长，是"路漫漫其修远兮，吾将上下而求索"；日暮，则是"欲少留此灵琐兮，日忽忽其将暮"。意思是说：要走的路还有那么长，看到日暮降临，我就忍不住要叹息——她在追寻一条出路，但剩余的时间已经太少，而在这段追寻中，李清照最担心被时间所吞没的，正是她"学诗"时的"惊人句"。作为当时最有名的女词人，她在天帝面前自恃的却不是词，而是诗。与被看作艳科小道的词不同，诗是文人士大夫的身份象征，是可以用来针砭时弊、申明主张的文体，但李清照作为女性，虽然具有足够的才华和意愿，却永远不能获得这样的资格，她只能怀揣遗憾面对老之将至，任由自己的才华被时间埋没。这也是这位能文的女性要向天帝"殷勤问我归何处"的原因。

在这样的迷茫里，词的节奏开始振起。"九万里风鹏正举"，这个典故来自庄子的《逍遥游》，说有一种大鹏鸟，要从北海迁徙到天池，翅膀在海上激起三千里的波浪，随后乘着旋风直上九万里重天。此刻风来了，大鹏鸟已经一飞冲天，那么词人自己呢？在词中，天帝始终没有回应她，李清照只好自己给出了一个慰藉，"风休住，蓬舟吹取三山去"。风不要停，乘着这阵风，我这艘小舟或许可以飘到海外仙山去——李清照没有奢望像大鹏鸟一样飞到天池，她的目标是三山。三山，就是蓬莱、瀛洲、方丈三座仙山，而求仙的根本意义，本就是超脱出时间，摆脱"我报路长嗟日暮"的恐惧。同样从海上出发，大鹏鸟的归处在天上，但李清照却只有"闻天语"的资格，她的归处依然在海上。

很多人赞美这首词的结句豪迈，但我们更应该看到的是，这句看似豪迈的呼喊，是词人在绝境中找到的唯一一条出路。勇敢之外，它也意味着令人悲伤的妥协。在传世的豪放词中，这是唯一一首由女性创作、体现女性处境的作品，既有不屈从于命运的感怀，又体现了女性独有的迂回与韧性。

（撰稿：李让眉）

如梦令

李清照

常记溪亭日暮，沉醉不知归路。

兴尽晚回舟，误入藕花深处。

争渡，争渡，惊起一滩鸥鹭。

《如梦令》，词牌名。又名《忆仙姿》《宴桃源》《无梦令》等。单调三十三字，七句五仄一叠韵，另有三十三字六仄韵、三十三字四仄韵一叠韵、三十三字五平韵一叠韵，以及六十六字五仄韵一叠韵的变体。以李存勖《如梦令（曾宴桃源深洞）》为正体，李清照的这首《如梦令》即代表作。

这首词，李清照用天才少女的笔触，把她眼中的夏日颜色、年少情趣挥洒得淋漓尽致。一字一场景，一词一幅画，似乎随意而出，却又惜墨如金，句句含有深意。语言不事雕琢，境界优美怡人，简直是穿越千年留给我们的一段精彩视频，风动鸟鸣、欢声笑语扑面而来，尺幅虽短却给人以足够的美的享受。

看吧，夏日傍晚，落日映照在一个叫溪亭的地方，作者彷徨在金色的霞光里找不到归家的道路。为什么呢？和小伙伴们饮酒沉醉。关键是这一句，"兴尽晚回舟"，天哪，还是在水中几叶扁舟之上！如果是在陆地上，少年们尚可脚踏土地奔跑寻觅，碧波之上只好靠双桨飘荡。带有几分醉意的少男少女们，意气风发，心神摇曳，但见水连天，天连水，路在何方，一望无际，迷路是自然的。水中迷路带给他们的是什么呢？"误入藕花深处"。作者再次推送惊艳画面：但见墨绿的莲叶之间，酒兴、玩兴染红了小姑娘的双腮，一张张白里透红的粉嫩面庞，与盛开的荷花斗芳争艳，乱桨激起的水花在荷叶上化作玉珠滚落，人面花颜扑朔迷离。这片湖水因人生动，这些人儿为景增色！但是，高潮尚未到来，即使迷路，即使醉酒，也挡不住青春勃发，必须争先恐后。于是，看似简单白描，随手挥洒却流传千年的绝句来了："争渡，争渡，惊起一滩鸥鹭。"一阕戛然而止，留给我们的意境却挥之不去。

这就是彼时的李清照，出生于文学底蕴深厚的世家——父亲李格非是苏轼的学生，时任礼部员外郎，就职太学；母亲王氏是北宋状元王拱辰的孙女。家庭生活优渥，长辈思想开放，给天生聪慧的女儿提供学习条件，他们言传身教，放任她游历山水，习文作画，总角之年便有诗词流传坊间，引人赞叹。可以说，这首词不仅以斐然文采传世，更为我们回望往昔留下珍贵史料。辞章结尾，金色晚霞里蓦然腾起的那一大片雪白羽翅，是大宋盛世繁华、文坛辉煌之下，一个书香门第子女快乐生活的真实写照。

（撰稿：刘先琴）

罗 玲

"阅读中国"阅读大使，中华文化促进会主持人专业委员会专家委员，保定市播音朗诵协会会长。

如梦令

李清照

昨夜雨疏风骤，浓睡不消残酒。

试问卷帘人，却道海棠依旧。

知否，知否？应是绿肥红瘦。

这首词是李清照的名篇，抒发了作者伤春惜花的情绪，也表达了作者对自己韶华逝去的感叹。短短三十三个字，却集人物、景色、对话三种元素于一体：像一篇叙事散文，却比散文更加含蓄隽永；像一幅生动的仕女赏花图，意境韵味却更超出图画之外。

起句"昨夜雨疏风骤，浓睡不消残酒"将时与事铺散开来，昨晚风雨滂沱，词人销魂醉饮后昏然睡去。或许是昨夜纵酒太甚，这醉意一整夜也没有消去，晨起后仍觉得醉醺醺。词人想到经过一夜的风雨摧残，这窗外娇嫩的海棠花定然是狼藉不堪，于是她"试问卷帘人"，那窗外的情况怎么样，海棠花是否娇艳如昨。此处一个"试"字将作者的心态暴露出来，或许她心中已经有了答案，但仍然怀着一丝希冀，尝试着问出了心中疑问。接下来，她得到了花儿如昨天无异的答案。然而作者深知，在狂风骤雨过后，花儿必定是会凋残的，于是她便用一个"却"字，以转折的方式领起该句，告诉读者，侍女的回答与窗外的现实情况，其实并不相符。结句"知否，知否？应是绿肥红瘦"是对前文的接续，化用了唐末诗人韩偓《懒起》末四句"昨夜三更雨，今朝一阵寒。海棠花在否，侧卧卷帘看"而来。作者增加了对话场景，形成了对比情境，侍女的木讷迟钝突出了作者的敏感多情，因此比韩偓原作更加含蓄有味。此处作者运用了借代的修辞手法，以特征借代本体，"绿"指叶子，"红"指花，一夜风雨过后，绿叶茂盛，而花朵凋残，虽然作者并未移步庭前，却因为聪慧敏感的心思而对此感知在心。

这首词为李清照的前期作品，据陈祖美《李清照简明年表》，当作于宋哲宗元符三年（公元1100年）前后，作者此时十六岁左右，这首词表达其惜婉春光的少女情怀。此时的李清照尚未经历后期之人生动荡，所以其后期之词中的苍凉悲楚当时还未融于作品之中。

（撰稿：江合友）

季冠霖

　　配音演员。配音作品：电视剧《美人心计》《神雕侠侣》《甄嬛传》等，院线电影《疯狂动物城》《变形金刚》《大鱼海棠》《姜子牙》等。

诵读人

郭 鹏

北京广播电视台音乐广播节目主持人、
制作人。主持《早安音乐秀》《复刻唱片
行》等节目。

酹江月·秋夕兴元使院作
用东坡赤壁韵

胡世将

神州沉陆，问谁是、一范一韩人物。

北望长安应不见，抛却关西半壁。

塞马晨嘶，胡笳夕引，赢得头如雪。

三秦往事，只数汉家三杰。

试看百二山河，奈君门万里，六师不发。

阃外何人，回首处、铁骑千群都灭。

拜将台歆，怀贤阁杳，空指冲冠发。

阑干拍遍，独对中天明月。

胡世将（公元1085年—1142年），字承公，常州晋陵(今江苏武进)人。宋徽宗崇宁五年（公元1106年）进士，历监察御史、兵部侍郎。绍兴九年(公元1139年)，任川陕宣抚副使，在关中数年，力主抗金，有收复陇州（今陕西陇县）等失地的功绩。

《酹江月》，即《念奴娇》，得名于唐代天宝年间一位名叫念奴的歌伎。因苏轼同调词中"一尊还酹江月"一句得此名。

胡世将词作存世仅有一首，即今天我们要讲的这首。这首词作于宋高宗绍兴十年（公元1140年），胡世将为川陕宣抚副使，任职于词题提到的"兴元使院"。此前，南宋与金人已达成和议，但金人背信弃义，不久即撕毁盟约，对南宋再度兴兵。在当时名将刘琦、岳飞、韩世忠等重击金兵、抗金形势一片大好之际，朝廷却任用秦桧等人，罢黜一批主战人士，将大好河山拱手让人，以致神州沉陆。作者痛感河山非我，因而一腔悲愤尽数宣泄于此词中。

此词词题说"用东坡赤壁韵"，即该词的韵脚与苏轼"赤壁怀古"词是一样的。苏轼赤壁怀古，追怀的是三国时期的周瑜等人；胡世将"北望长安"，则是怀念"一范一韩"这些抵御外来侵略的爱国志士和国家栋梁。《五朝名臣言行录》载："军中有一韩，西贼闻之心骨寒；军中有一范，西贼闻之惊破胆。"这里的"一韩""一范"指的是北宋名臣范仲淹与韩琦，他们都曾镇守陕西，抵御西夏的侵扰。词人忧怀国事，着眼大局，慨叹范仲淹、韩琦式的保卫河山的英雄人物不得重用，主和派"抛却关西半壁"坐使神州沦丧，愤慨之情溢于言词。

"塞马晨嘶，胡笳夕引"，词人陆续描绘出边塞的早晨和傍晚特有的凄清、悲凉的图画：战马在爽劲的晨风中发出声声嘶鸣，胡笳声在冉冉斜阳下幽幽回旋。苍茫空阔的镜头里，隐含着如词人一般不得重用的主战将士们壮志难酬的悲愤。他们只能空任岁月流逝，不能建功立业，只剩满头的霜雪白发。朝廷轻视贤才，不实行抗战政策，任用"汉家三杰"攻取关中一统天下，都成为"三秦往事"了。

下片批判朝廷主和，不肯出兵保卫关中，抒发六军不发的无可奈何。接着又继续痛伤张浚"富平之败"，以致"铁骑千群都灭"，揭露主和派的罪行。"拜将台欹，怀贤阁杳"，当年刘邦拜韩信为大将的高台已然倾欹坍倒，怀念诸葛亮北伐功绩的阁楼也已杳茫不见。词人以古迹的败坏，借古言今，与上片"赢得头如雪"互相呼应，形象地表现出当今对人才的轻视和糟蹋。结句词人怒发冲冠，栏杆拍遍，独自对着一轮明月，将剑拔弩张的忧愤情绪压抑在中天光景之中，深沉蕴藉之极。

此词感时而作，穿插范仲淹、韩琦、韩信、诸葛亮等史事，亦可说是一首怀古词。全词上片总括中原沦丧的形势后，下片指斥和议误国之人，同时抒发了有志之士不得其用的沉痛愤懑。

（撰稿：樊令）

满江红·丁未九月南渡泊舟仪真江口作

赵鼎

惨结秋阴，西风送、霏霏雨湿。

凄望眼、征鸿几字，暮投沙碛。

试问乡关何处是，水云浩荡迷南北。

但一抹、寒青有无中，遥山色。

天涯路，江上客。肠欲断，头应白。

空搔首兴叹，暮年离拆。

须信道消忧除是酒，奈酒行有尽情无极。

便挽取、长江入尊罍，浇胸臆。

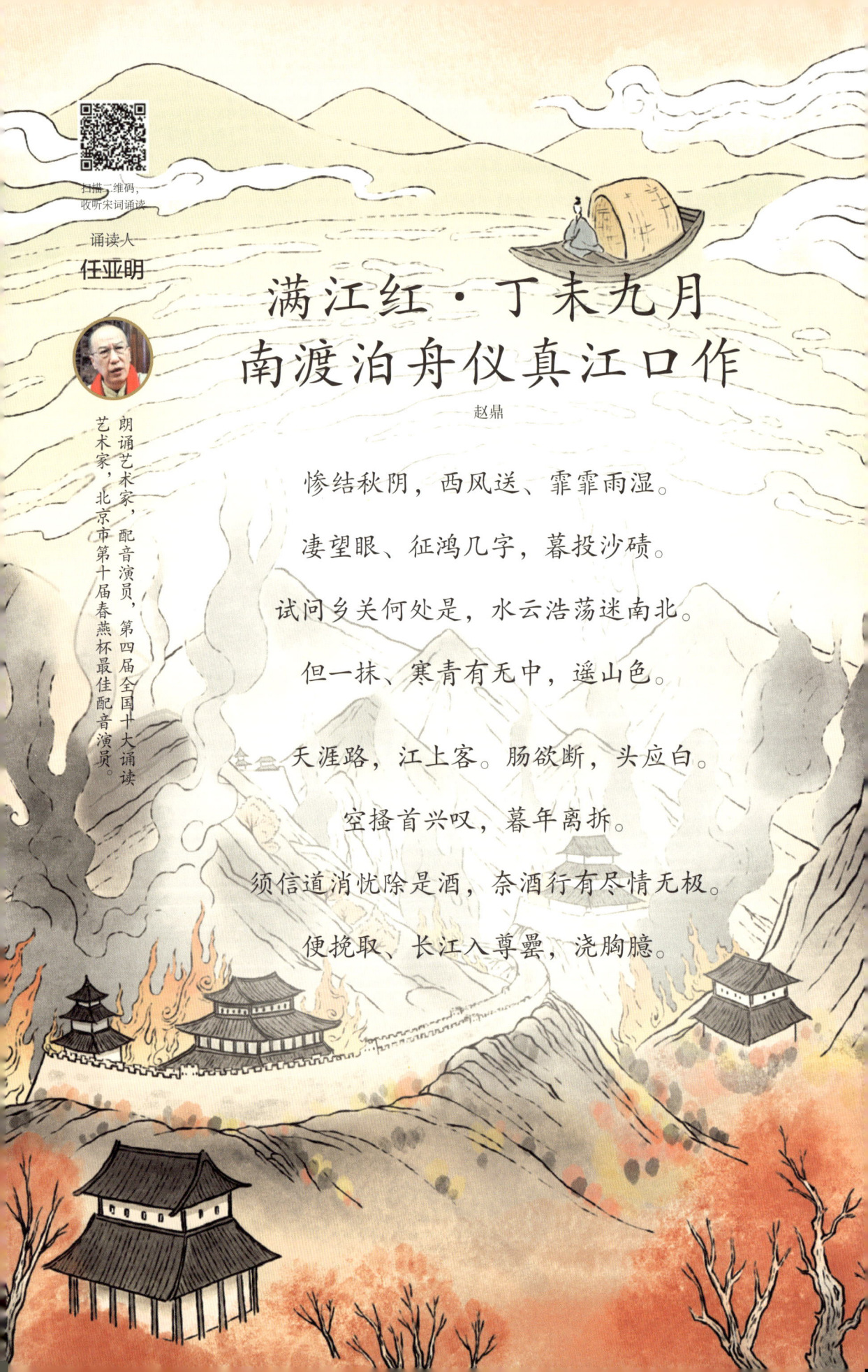

赵鼎（公元1085年—1147年），字元镇，号得全居士，解州闻喜（今属山西）人。徽宗崇宁五年（公元1106年）进士。金兵逼长江时，赵鼎陈战、守、避三策，拜御史中丞。绍兴七年（公元1137年），召拜尚书左仆射、同中书门下平章事，兼枢密使。绍兴八年（公元1138年），为秦桧所挤，知绍兴。绍兴十四年（公元1144年），移吉阳军（今属海南），在吉阳三年，不食而卒。孝宗即位，追谥"忠简"。有《忠正德文集》十卷、《得全居士集》三卷，已佚。

《满江红》，词牌名，又名《上江虹》《念良游》《伤春曲》等。以柳永"暮雨初收"阕为正格，双调九十三字，前片四仄韵，后片五仄韵，例用入声韵。声情激越，宜抒豪壮情感或恢张襟抱。亦可酌增衬字，如本词及苏轼"江汉西来"阕等。姜夔以为旧调仄韵多不协律，改为平韵迎送神曲。

这首《满江红》是赵鼎在丁未年，即高宗建炎元年（公元1127年）九月所作。其时，中原沦陷，高宗遣赵鼎渡江准备定都江南，赵鼎到了仪真（今江苏仪征）江口写的这首词。

结合写作背景来看，词作上片就不是简单的悲秋情绪了。词人将浓郁的家国情怀笼罩在凄凄惨惨的秋阴之中，凭空增加了无限的厚重郁塞之感。金兵锋芒所向，宋朝廷一片阴云，西风吹来打湿了词人衣襟的，到底是霏霏细雨，还是家国之泪呢？词人复以鸿雁自喻：自己寄身的这一片小小孤舟，无依无靠地停泊在仪真江口，就像从北飞来投身在一片荒寒沙碛之间的鸿雁一样。唐人崔颢《黄鹤楼》诗中的"日暮乡关何处是，烟波江上使人愁"的天涯漂泊之感，到了词人这里得到了强烈的共鸣，升华成了家国之恨：故国迷离在长江南北浩浩荡荡的水云之中，只剩下一抹若有若无的青寒山色，使人兴起无尽的愁思。除了化用崔颢的诗句，这里还化用了王维"江流天地外，山色有无中"的诗句，在浩瀚空阔的画面之中，渲染了中原丧乱的时代气氛。

上片曲笔的铺垫渲染之后，下片词人才开始真正以直笔抒发情感。"天涯路，江上客。肠欲断，头应白"，此时词人仅四十出头，却在江山破碎、民族支离诸事的交攻之中，自感肠断头白。杜甫《春望》中的"白头搔更短，浑欲不胜簪"，于词人此处的"秋望"之下又有了更新的诠释——国家危亡之感，山河破碎之恨，纷来眼底，怎么能不头白肠断？或许酒精真的能消解胸中忧愁，但是无穷的亡国之恨，哪里是有限的酒杯能消除得尽的呢？即便是把万里长江的滚滚洪流都倾入酒杯，或许也难以冲刷满腔的积郁吧。秦观《江城子》中有"便作春江都是泪，流不尽，许多愁"，同样是用万里长江象征愁情，但是此处词人浩浩汤汤、横无际涯的满怀积闷，全然不是儿女情怀可以比肩的。全词借景抒情，情景交织之中，寄托了词人对故国江山的依恋和对国家民族未来的深忧。　　　（撰稿：樊令）

诵读人
赵文瑄

中国台湾演员。代表作：《喜宴》《红玫瑰与白玫瑰》《雷雨》《大明宫词》《辛亥革命》等。

临江仙·夜登小阁，忆洛中旧游

陈与义

忆昔午桥桥上饮，坐中多是豪英。

长沟流月去无声。

杏花疏影里，吹笛到天明。

二十余年如一梦，此身虽在堪惊。

闲登小阁看新晴。

古今多少事，渔唱起三更。

陈与义（公元1090年—1139年），字去非，号简斋居士，洛阳人。北宋政和三年（公元1113年）登太学上舍甲科，历官太学博士、秘书省著作郎等。南渡后，官参知政事。以病辞归，卒于湖州。有《简斋集》传世。他的词作存世仅十八首，却篇篇隽永。今天赏析的这首《临江仙》，自南宋到明清，被称颂备至。如南宋胡仔在《苕溪渔隐丛话》中赞美此词"奇丽"，清代陈廷焯在《白雨斋词话》中评曰："笔意超旷，逼近大苏。"认为这首词抵达了苏轼词作的超然旷达之境。

词题《夜登小阁，忆洛中旧游》，清晰交代了写作时间、地点和内容。这是南渡之后的一个夜晚，作者登临寓所小阁楼（陈与义《简斋集》中有《小阁晨起》《小阁晚望》等诗），回忆南渡前在洛阳与朋友聚会游玩的往事。

上片承题，进入回忆。首句进一步点明当年聚会地点，是在洛阳城里的午桥上。"豪英"一语，充满豪情，也满溢着对往昔的追忆向往之情。"长沟"一句，所谓春宵苦短，人处在欢乐之中，会感觉时间过得飞快。那个夜晚，月映长沟，流水无声，朋友们在桥上畅饮、吹笛、高歌、谈笑。不知不觉间，天色将明，一夜几个时辰，如同长沟里的皎洁月影，仿佛被午桥下的流水悄悄带走了。"杏花疏影"，不仅进一步交代了那次欢聚是在春天，将回忆的场景进一步坐实，且衬托出豪英们高洁的精神境界。"纵被春风吹作雪，绝胜南陌碾成尘"，王安石的诗句写出了杏花清高独特的气质，代表了宋代文人对杏花的偏爱。"吹笛"这个意象实际也有深意，为何是笛子，而非别的乐器？因为竹笛是汉民族的传统乐器。

下片"二十余年如一梦"，将作者拉回到写作的当下。午桥是真实的，杏花是真实的，长沟也是真实的，每一位豪英都是有名有姓的真实的……相较之下，之后的二十余年，作者却归为"一梦"。成千上万个日夜里，经历了多少颠沛流离，难眠痛楚，怎么可能是梦？是作者怨而不怒，以"一梦"来表达对时局的不满、失望、绝望？抑或是作者无法直面深沉的痛苦，二十余年来真处于如梦如幻的半麻木状态？琢磨之余，再回看"长沟流月去无声"，我们会发现短短七字叠加着时空和情绪的变化，语极淡，而意蕴极为丰富。时间真如流水，"逝者如斯夫，不舍昼夜"。那些美好的人和事被带走了，无法触摸，无法挽留。这一具苟且存在的肉体偶尔暴露在回忆的光照下，难免惊叹自己犹存于世。

既然还活着，那还得看，还得登临，还得见证天晴下雨。于是，在一个雨霁新晴的夜晚，作者登上小阁。当他看到碧空明澈，无边无际，刹那间体悟到"寄蜉蝣于天地，渺沧海之一粟"的哲理。与恒久的自然界相比，个人的爱恨情仇乃至人类社会的兴衰代谢，都是渺小的。这样的体悟，令作者与《楚辞》里沉江边的渔父悠然心会了。屈原自诩高洁清醒的痛苦，被逍遥旷达的渔翁付之于莞尔一笑，发之于"沧浪之水"的歌咏。古往今来，刀光剑影的武力征伐、强胜弱败的朝代更迭，在通达者看来，都不足以大悲大喜吧。（撰稿：肖亚男）

扫描二维码，
收听宋词诵读

诵读人

付 程

中国传媒大学教授，播音主持专业硕士生导师。曾任中国传媒大学播音主持艺术学院副院长、播音系主任，现任中国文化促进会主持人委员会顾问。

贺新郎·送胡邦衡待制赴新州

张元幹

梦绕神州路。怅秋风、连营画角，故宫离黍。

底事昆仑倾砥柱。九地黄流乱注。

聚万落、千村狐兔。

天意从来高难问，况人情、老易悲难诉。

更南浦，送君去。

凉生岸柳催残暑。耿斜河、疏星淡月，断云微度。

万里江山知何处。回首对床夜语。

雁不到、书成谁与。

目尽青天怀今古，肯儿曹、恩怨相尔汝。

举大白，听金缕。

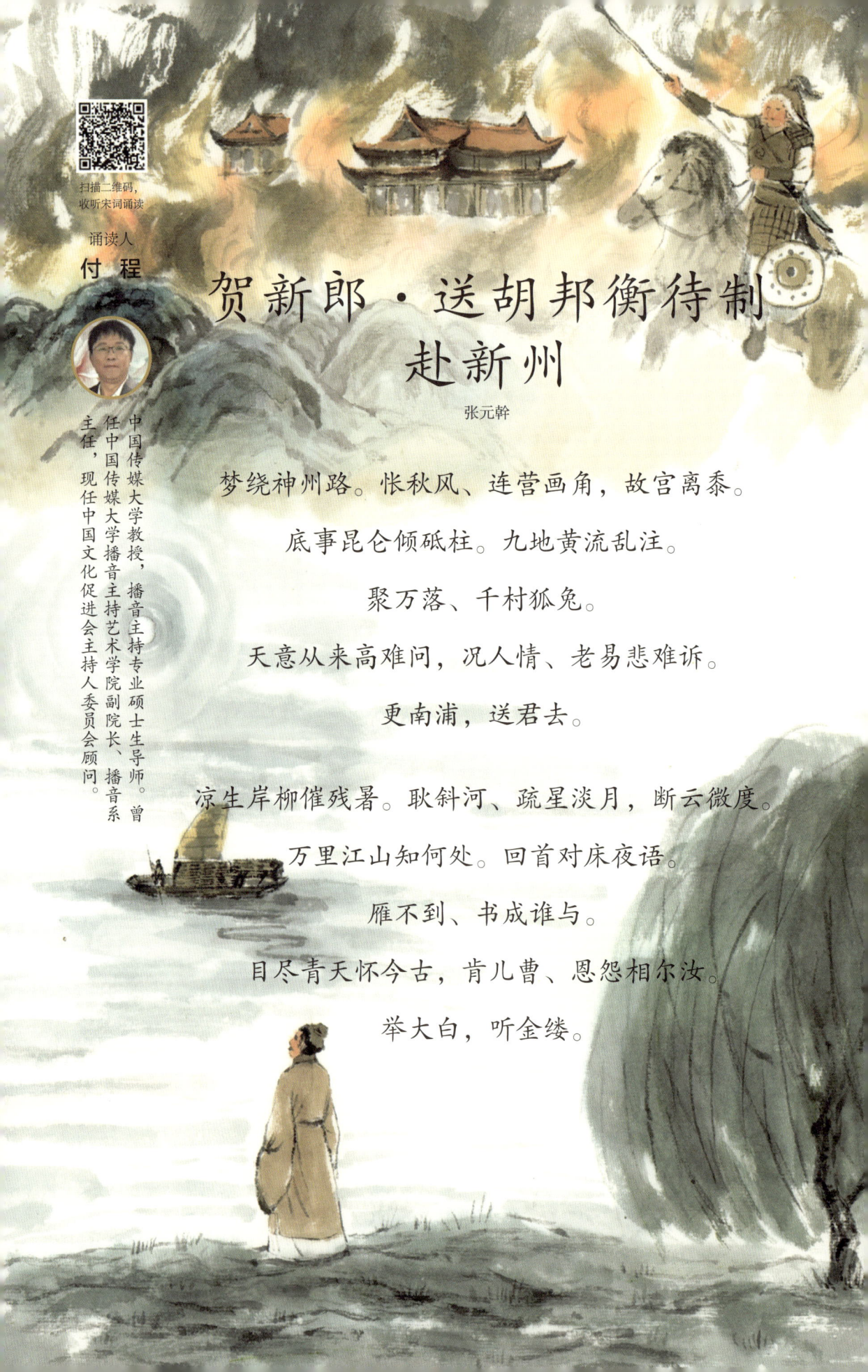

张元幹（公元1091年—约1170年），字仲宗，号芦川居士，福州永福（今福建永泰）人，生活于北宋末及南宋初，历任太学上舍生、陈留县丞、将作监。著有《芦川归来集》。今存词一百八十余首，有《芦川词》单行。词风以南渡为界划分两类：南渡前词风绮艳轻狭，内容无非歌筵酒席；南渡后创作直面现实，词风自觉转向东坡一路，情怀激烈，多抒慷慨、悲凉之情，词作更具骨力。

——

《贺新郎》，又名《金缕曲》《乳燕飞》《貂裘换酒》《金缕词》《风敲竹》《贺新凉》等。关于调名的缘起，宋人有两种说法：一种认为《贺新凉》是词调本名，后误为《贺新郎》；另一种认为《贺新郎》是词调本名，因苏轼词中有"晚凉新浴"而名为《贺新凉》。现在仍无定论。正体以南宋叶梦得《贺新郎（睡起流莺语）》为代表，双调一百一十六字，上片五十七字，下片五十九字，各十句六仄韵。

词作于南宋高宗绍兴十二年（公元1142年），此时词人好友胡邦衡（胡铨）因上书反对与金人议和，要求朝廷处置秦桧等卖国贼，遭到秦桧等人轮番的政治迫害，被削除公职发配新州偏远地区。词人基于此事，慷慨陈词，不惧当局奸臣淫威，大义写下此词为胡铨送行。

上片感慨时局，直抒内心磊落不平之气。"梦绕神州路"，从北方国土沦陷的时局着笔，写出两军交战多时，遍地弥漫着黍离之悲。再以一个问句向天发问，以昆仑山天柱折喻指金兵的灾难性入侵，抒发国土沦陷、民生凋敝的痛心。"天意从来高难问，况人情、老易悲难诉"嵌用杜甫"天意高难问，人情老易悲"的诗句，抒发天意难测、问天无果的悲哀，隐含对当朝统治者主宰下的分崩离析局面的叹息。最后由时局转入送行主题，在这样的时代环境下，送行更被赋予着悲壮的意蕴。

下片诉说别情，寓托词人与友人惺惺相惜的深厚情谊。前三句写景以渲染离情，点明送别时节为凉意初生、云淡星稀的初秋时期。后三句追忆往昔、设想未来，回想与友人的相交，设想别后的难再相见、难再通信，更添感伤情绪。最后几句，宕开一层，以豪情抚慰难舍之别意，冲淡世态炎凉、世事无常的悲哀。"恩怨相尔汝"用韩愈"昵昵儿女语，恩怨相尔汝"的诗句，点明词人与友人都是胸怀天下之壮士，不必在送行之际如小儿女般呢喃，不如豪饮以慰愁肠，听这一首慷慨的《金缕曲》。

作为送行词，全词立足现实情境，以饱满激昂的情绪抒发词人与友人的知交情谊，站在与友人一道的政治立场上为其壮行，同时蕴含对时局的痛心与无奈。词风沉郁悲壮，令人读之扼腕。

（撰稿：陈骥）

小重山

岳飞

昨夜寒蛩不住鸣。惊回千里梦，已三更。

起来独自绕阶行。人悄悄，帘外月胧明。

白首为功名。旧山松竹老，阻归程。

欲将心事付瑶琴。知音少，弦断有谁听。

岳飞（公元1103年—1142年），字鹏举，相州汤阴（今河南汤阴）人。南宋抗金名将，官至枢密副使，封武昌郡开国公。少年时喜读《左氏春秋》及孙吴兵法，生有神力，常习骑射。于北宋末年投军，率领岳家军与金军交战数百次，屡战屡胜。绍兴十年（公元1140年），金毁盟攻宋，岳飞奉命挥师北伐，先后收复郑州、洛城等，又于郾城、颍昌大败金军，进军朱仙镇。宋高宗却一意求和，以十二道金字牌下令退兵。因不附和议，岳飞遭秦桧等诬陷，最后以"莫须有"的罪名被赐死。宋孝宗即位后，为岳飞平反，追谥"武穆"，改葬西湖栖霞岭。宁宗时追封"鄂王"，理宗时改谥"忠武"。岳飞文才将帅中少有，著作编成《岳忠武王文集》。

《小重山》，又名《小重山令》《小冲山》《柳色新》等，唐人用以写宫怨，赋予此调悲伤抑郁的声情。五十八字，上下片各四平韵。

此词约作于高宗绍兴十一年（公元1141年），此时高宗主张与金兵议和，当朝主降派官员如秦桧者皆长袖善舞、曲意逢迎，排挤、打压岳飞等主战派爱国将领。岳飞在兵权被解、故土收复无望之际，独自徘徊于月夜下，忧国、思乡之情一齐涌上心头，依调写下这首《小重山》。

上片叙述情境。词人午夜梦回，独自徘徊于月夜下，四周凄清孤寂，触发伤感情绪。"寒蛩"点明节候之清冷，渲染出凄清氛围。在夜蛩声声中，词人从梦中惊醒，"千里梦"应为词人夙兴夜寐的沙场鏖战退敌之梦。但梦醒后回归现实，仍是敌兵占据着故土，而朝中一片求和气象，自己兵权被解，无力实现收复国土的心愿。很少有人能体会自己的心情，与自己一道坚守信念，在这种悲哀中，词人独立于苍茫夜色，对月慨叹。

下片抒发心迹。词人作为一名武将，征战的初衷是建功立业，荣归故里。如今国土被占，回乡的道路被阻隔，词人功名难成，梓里不得归，个人与国家命运相连，似乎都已经到了日暮途穷、进退两难的境地。重重心事萦绕，最后转化为永恒的孤独感的抒发："欲将心事付瑶琴。知音少，弦断有谁听。"词人想在这苍茫月色中，找到一个可以倾诉心事的人，想在这衰颓的国势下，找到与自己政见相合、主张抗敌收复的人，但可惜都没有。这种孤独感与苍茫月夜相融合，绵延无际。

此词是武将岳飞独抒心事的凄婉之作，词中我们能感受到时代背景下英雄对命运的浩叹，感受到词人独立于亘古长夜，对月抒怀的孤独。

（撰稿：陈骥）

丹 松

辽宁广播电视台经典音乐广播副总监、节目主播，中广联合会有声阅读委员会副秘书长，全国朗诵艺术考级考官。

满江红

岳飞

怒发冲冠，凭阑处、潇潇雨歇。

抬望眼，仰天长啸，壮怀激烈。

三十功名尘与土，八千里路云和月。

莫等闲、白了少年头，空悲切。

靖康耻，犹未雪。臣子恨，何时灭。

驾长车，踏破贺兰山缺。

壮志饥餐胡虏肉，笑谈渴饮匈奴血。

待从头、收拾旧山河，朝天阙。

有学者认为此词创作于宋高宗绍兴二年（公元1132年），也有说写于绍兴四年（公元1134年）岳飞克复襄阳六郡晋升清远军节度使之后。

这首词上片写词人登楼远眺，想到前功尽弃、金兵继续在中原烧杀掳掠，而投降派却苟安江南持不抵抗政策，不禁义愤填膺，仰天长啸，一吐心中壮志难酬的激愤悲郁。"三十功名尘与土，八千里路云和月"，对仗精妙，体现了岳飞舍身救国的高尚情操。古人云三十而立，岳飞却视功名为尘土，他要实现的不是个人的加官晋爵，而是收复国土、统一中原的救国宏愿。挥师北伐，万里迢迢，餐风宿露，披星戴月，天地同侪，但岳飞却不以为苦，因为这路途险阻的长征在他眼中是一条救国大道！只有喋血战斗，才能拯救北方占领区处于水深火热的老百姓！因此，不能虚度青春，不要等年老后悔，要抓紧时间，多建战功，争取抗金斗争的最终胜利！

下片开首十二字，铿锵有力，刻画了岳飞对敌人的深仇大恨。"靖康耻"，指钦宗靖康二年（公元1127年），金军攻破宋都城，掳走了徽钦二帝及皇族、朝臣等三千余人，并抢掠了大量金银财宝，导致北宋灭亡。作为臣子，又怎能忘记这一国耻？！"驾长车，踏破贺兰山缺"，此处贺兰山语带双关：可实指岳家军抗金路线上的古磁州贺兰山；也可虚指古西夏贺兰山，"借代"金人的军事屏障。岳飞以此表达自己洗雪国耻的终极战略目标：不但要北定中原，且要直捣敌军腹地！词人继而抛出惊人之句：要怀着英勇无畏的精神，夺取战斗的胜利！此处"笑谈渴饮匈奴血"的"笑谈"与苏轼词中的"谈笑间、樯橹灰飞烟灭"的"谈笑间"相通，有不费吹灰之力之意。岳飞以鄙夷敌人作为激励士气的一种方式，同时也展现了对侵略者无比的愤恨。词人最后表明决心，要重新收复昔日河山，向朝廷报告胜利的消息！

此词一字一顿，一锤一声，皆裂石崩云，激烈磅礴，浩气冲大，如在战场上朗读，当激起将士们勇敢抗敌的无穷力量。抗战时期，此词作为爱国诗词的最强音，激励着无数中华儿女。岳飞不恋名利，摒弃私欲，文韬武略，待人仁厚，忧国忧民，散发圣人光辉。他瀝肝沥胆、精忠报国的英雄事迹滋养着一代又一代的爱国志士。此词既是艺术修养高超的千古绝唱，更是代表着中华民族英勇不屈、奋发图强、追求公义的精神印记。

（撰稿：冯倾城）

齐克健

朗诵艺术家、配音演员，一级演员，中广联合会有声阅读委员会专家组成员。曾获文化部文华奖表演奖、话剧金狮奖表演奖，为多部国家级重大题材专题片、纪录片解说。

满江红·登黄鹤楼有感

岳飞

遥望中原，荒烟外、许多城郭。

想当年、花遮柳护，凤楼龙阁。

万岁山前珠翠绕，蓬壶殿里笙歌作。

到而今、铁骑满郊畿，风尘恶。

兵安在，膏锋锷。民安在，填沟壑。

叹江山如故，千村寥落。

何日请缨提锐旅，一鞭直渡清河洛。

却归来、再续汉阳游，骑黄鹤。

这首词写于宋高宗绍兴八年（公元1138年。一说作于绍兴四年，公元1134年），此前岳飞多次请缨无果，而后被派到鄂州（今湖北武汉）驻屯，收复故土之心愿一再落空。此时岳飞登上黄鹤楼，在这一历史名楼上，远望国土山河，抒发怀抱。

上片写楼头远望之景，词人面对国家今昔景象的变化，于对比中抒发感慨。"遥望"二字领起全篇。当曾经在沙场上奋勇杀敌、守卫国土的将军凝望着战乱中的祖国大地时，他承受着异于常人的悲痛。"荒烟"是战火留下的痕迹，望之触目惊心，"许多城郭"令人想到战火中受苦受难的广大人民。后几句可分为两层，于时空上形成对比关系："想当年"一层回忆旧国盛世景象，曾经皇家的楼台亭阁是如此华美，皇家出行的仪仗、聚会是如此盛大，国家歌舞升平，一派祥和景象。"到如今"则转入第二层叙述，"铁骑"指代敌军的大规模入侵，"风尘恶"三字则概括性地指出敌军对盛世景象的巨大破坏力。

下片延续上片之感慨，并于感慨中生发出收复失地、重振国威的昂扬斗志。前四句为四个三字短句，由设问再次形成两层对比，是岳飞对自己所关心的士兵及百姓命运进行的发问。而一问一答间却显露出残忍的、令人痛心的事实。士兵的命运是全身鲜血淋漓，丧命于敌军的刀刃下，百姓的命运是于逃亡中丧生，甚至尸首无存。"叹江山如故，千村寥落"，岳飞由眼前景象再度抒发感慨，此时河山依旧，登览的黄鹤楼也还是曾经的模样，但令人无法释怀的是"千村寥落"，也就是普通老百姓们为战争所付出的惨重代价。于是，岳飞作为英雄词人，在词作中以正义凛然、一往无前的战争意志再度发出请缨呼声，他愿率领精锐部队，跨上战马直驱河洛，来到敌军侵犯之地，将他们一举击败，收复失地，让老百姓重新过上安居乐业的生活。后两句设想击败敌军、收复失地后的情景：此时词人将再次回到黄鹤楼，登上楼台看着国泰民安的美好景象，自己便如历史上的骑鹤仙人一样，驾上黄鹤，于天地间快意驰骋。从这里可以看出岳飞爱国爱民的赤诚之心，以及他始终如一收复失地的坚定意志。

同于《满江红（怒发冲冠）》，岳飞这首《满江红》同样以壮怀激烈的笔触写豪情，书写不屈的英雄斗志，展现出爱国名将的使命与担当。在这首《满江红》中，我们还能感受到岳飞对身处战火中的底层老百姓的关爱，他的拳拳爱国、爱民之心，至今读来仍令人深深感动。

（撰稿：陈骥）

江 宁

北京广播电视台新闻广播主持人，主任播音员。曾获北京新闻奖、北京好声音等奖项。

卜算子·咏梅

陆游

驿外断桥边，寂寞开无主。

已是黄昏独自愁，更着风和雨。

无意苦争春，一任群芳妒。

零落成泥碾作尘，只有香如故。

陆游（公元1125年—1210年），宋代爱国诗人，字务观，号放翁，越州山阴（今浙江绍兴）人。高宗时应礼部试，为秦桧所黜。孝宗时赐进士出身。中年入蜀，投身军旅生活，官至宝章阁待制，因坚持抗金，屡遭排斥，晚年退居家乡。陆游在诗、词、文章、治史等方面均有很高成就，有《剑南诗稿》《渭南文集》《南唐书》《老学庵笔记》《放翁词》《渭南词》等传世。

陆游的这首词创作于中年几经贬谪后。他一生酷爱梅花，曾有"何方可化身千亿，一树梅花一放翁"的诗句，这首《卜算子》就是他以梅花自况的一首词，词中梅花的处境也可以理解为陆游自己的遭遇。

词人开篇入境，交代了梅花生长的地方——"驿外断桥边"。驿，是驿站，也就是旅店，象征着漂泊无定。旅店外有一座桥，桥断了，象征着前路无凭。就在这样潦倒的处境中，词人看到了这株"寂寞开无主"的梅花——寂寞，可见它四周没有植物可以攀附依靠；无主，则是说没有人会过问它的生死，只能听天由命。这样一株可怜的梅花，此时正孤零零地站在黄昏里。我们知道，黄昏通常喻指着年老，"已是黄昏"，词人看到梅花后"独自愁"的，当然就是烈士暮年、志不获骋的伤感。英雄迟暮，本已是很令人惆怅的事了，可还有额外的摧折——"更着风和雨"。因为坚持主战，陆游中年时曾屡次遭遇弹劾和贬谪，这株风雨中的梅花，正是他此刻艰难处境的写照。

写到这里，词人就忍不住要为自己辩白了，"无意苦争春，一任群芳妒"——他并不是为贪功而主战的名利之辈，朝廷上的同僚们不理解他、忌妒他，那也只能随他们去了。此后，他更清楚地点出了"群芳妒"的下场，"零落成泥碾作尘"——陆游完全知道自己的坚持会招来进一步的倾轧与凌辱，甚至有可能是杀身之祸，但即使如此，他依然不肯改变最初的志向：肉体可以被无数次消灭，但初心永在，正仿佛梅花无论受到什么样的摧残，芳香都依然不改。

这首词的题目是《咏梅》，但陆游却完全不曾在梅花的枝叶、姿态、习性上着墨，也没有用到任何与梅花相关的典故。他只是一重又一重地叠加着梅花的困境，当身处天罗地网、无路可退的境地时，再用它柔弱无形的香气给出最强硬的还击，梅花坚韧的品格也就在这坚定的回应里完全立了起来。这种写法并不常见，但这首词却完成得非常成功。

（撰稿：李让眉）

董丽娜

中国传媒大学播音主持艺术学硕士，师从于著名演播、配音艺术家王明军。原中央人民广播电台特约主持人。

影配音《美国队长》《碟中谍》等。

漫配音《英雄联盟》《海绵宝宝》等，电

主持人，演播艺术家。代表作：游戏动

诉衷情

陆游

当年万里觅封侯。匹马戍梁州。

关河梦断何处，尘暗旧貂裘。

胡未灭，鬓先秋，泪空流。

此生谁料，心在天山，身老沧洲。

《诉衷情》，原唐教坊曲名。唐温庭筠取《离骚》"众不可户说兮，孰云察余之中情"之意，创制此调。正体双调四十四字，上下片各三平韵。

自古以来，词人所诉衷情何止百千，陆游此篇晚年抒愤之作却能在后世独占一席。以何为诉？何以为衷？诉以何情？值得我们细细品味。

全词从旧日豪情起笔。回忆当年，词人不仅写自己如班超一样满怀"立功异域，以取封侯"，报效祖国、收拾旧河山的家国壮志，还着意以"觅"写出此时坚定执着的立功决心。更令词人念念不忘的，是他奔赴抗敌前线"匹马戍梁州"的报国之行。陆游一生立志报国，在乾道八年（公元1172年）终于有了亲赴前线的机会。此时，四十八岁的他应川陕宣抚使王炎的邀请，从夔州来到西北前线南郑（今陕西汉中）参与军事活动，一生心之所向终有落实。词人落于笔端，再忆当年，最鲜明的还是即使"万里"之远，依旧能"匹马"而戍的画面。辽阔的北方大地，英雄卓然而立，雄浑的背景之下，词人的慷慨壮志、雄姿英发如在读者眼前，令人感其豪情。

然而，不过半年时间，王炎调离川陕，陆游也被改任成都安抚使参议官。短暂的报国时光，竟成了他此生可以身临前线的唯一机会，词人之笔也以"关河梦断"急转直下。转回现实，见证前线时光"至今血渍短貂裘"的"貂裘"，也只能如苏秦的"黑貂之裘"一样，随着时光流逝尘封，归于暗淡。一个"暗"字，仿佛尘土，不仅堆积掩盖了"貂裘"的荣耀，更消磨了词人的壮志豪情，词人的满腔惆怅溢于言表。

词的上片从慷慨化为悲凉，形成强烈的情感落差，足以牵动人心。下片层层对比，直诉衷情，动人心魄。三短句急促而下，"一吟悲一事"，诉的是"胡未灭"的国仇未报，是"鬓先秋"的自身已老，是"泪空流"的壮志难酬，直诉尽一生心事。"未""先""空"三字更是紧密承接对照，国事"未"竟之忧，自身"先"老之悲，壮志"空"怀之愤，越转越深，不仅是个人苦闷，更蕴含着深层次的家国情怀。最终时势不予英雄，词人满怀悲愤，回首此生，无限不甘，却只能无奈问出一句"谁料"。"心"仍在"天山"的抗敌前线，"身"却只能空老于"沧洲"闲居之地。壮志难酬的无限感慨和悲愤、韶华不再的深沉痛苦和失望，都在此等难以预料却无穷无尽的矛盾挣扎中磅礴而来。

以此一词，陆游回望此生，从当初的"早岁那知世事艰"，到如今的"报国欲死无战场"，理想与现实如此错位，层层铺叠的对比中，直接热烈的倾诉中，词人的悲愤慨叹也终于落在我们心上。但词人已不再是"中原北望气如山"的壮年，虽"心在天山"，却已明白满怀壮志只能"空激烈"。虽饱受折磨仍不放弃理想，虽悲更壮，为词人的深刻悲愤加入炽烈不变的爱国底色，也许正是此篇衷情最为动人之处。

（撰稿：胡晨曦）

汉宫春·初自南郑来成都作

陆游

羽箭雕弓，忆呼鹰古垒，截虎平川。

吹笳暮归，野帐雪压青毡。

淋漓醉墨，看龙蛇、飞落蛮笺。

人误许，诗情将略，一时才气超然。

何事又作南来，看重阳药市，元夕灯山。

花时万人乐处，欹帽垂鞭。

闻歌感旧，尚时时、流涕尊前。

君记取，封侯事在，功名不信由天。

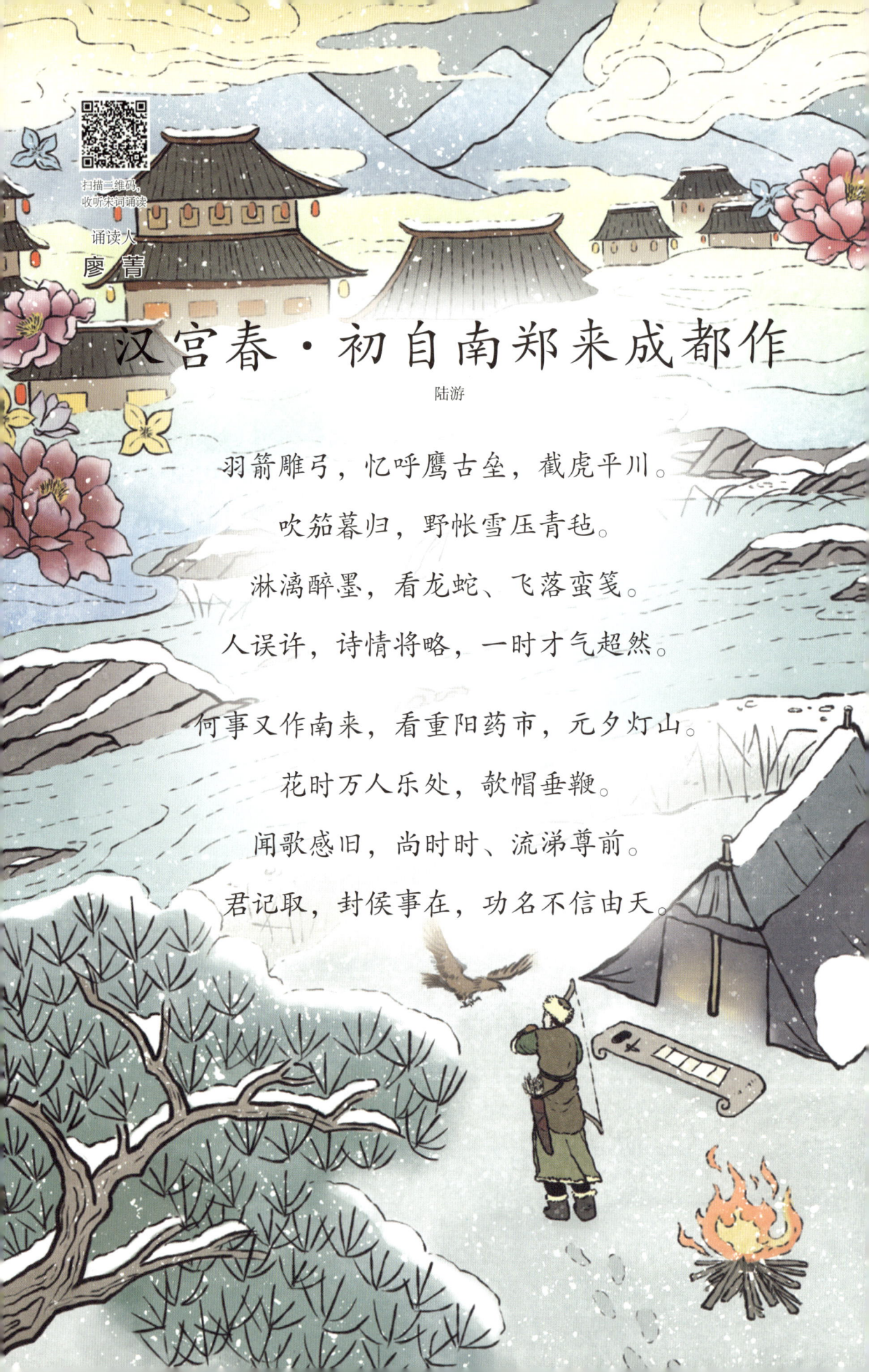

《汉宫春》，词牌名，又名《汉宫春慢》《庆千秋》。"汉宫"指汉朝宫殿，亦借指古代封建王朝的宫殿。东晋无名氏据旧籍撰有《汉宫春色》，写西汉惠帝皇后张嫣遗事，以张皇后为汉宫第一美人，然其遭遇极为不幸。此调音节较响亮，而调势于奔放中归于收敛，多为豪放词人所用以言志抒情，亦可表达婉约与含蓄之情。

这首词是陆游自南郑来成都之初所作。此时，四川宣抚使王炎已从南郑被召回临安。曾为王炎干办公事的陆游，被改命为成都府路安抚司参议官，从南郑来到了成都。在南郑，词人曾登高兴亭望长安南山，写下"悲歌击筑，凭高酹酒，此兴悠哉""灞桥烟柳，曲江池馆，应待人来"的慷慨词作，想象着收复关中指日可待，词人充满壮志豪情。

这也正是词人在这首词中所"忆"所"感"的——"羽箭雕弓，忆呼鹰古垒，截虎平川。吹笳暮归，野帐雪压青毡"。身背弓箭，臂挥雄鹰，手缚猛虎。直至暮色苍茫，笳声四起，猎罢归来，而野营帐幕的青毡上早已落满了厚厚的雪花。这样的军旅生活多么值得怀念啊！喝罢了酒，挥笔疾书，龙飞凤舞，墨迹淋漓。陆游不仅是个有胆有识的将才，还是个才华横溢的文人。此时被调到后方，拏云心事不得舒展，抗金愿望一时无法实现，而眼下的成都繁花盛开、万人游乐，全然不觉家国的危难，词人只能"闻歌感旧，尚时时、流涕尊前"。

过去南郑的金戈铁马与现在成都的锦城歌管形成对比，词人曾经的"诗情将略""才气超然"与当下的"闻歌感旧""流涕尊前"对比，时空已在当下锦城，而词人的精神气魄依旧保持在过往的状态。否则全词最后不会有这样一句——"君记取，封侯事在，功名不信由天"。请千万记住，杀敌报国，建功封侯的大事是要自己去奋斗的，我就不信这都是由上天来安排的。词人笔锋一振，以人定胜天的豪情收束全篇，迸发出爱国主义精神的火花。

（撰稿：黄文静）

廖　菁

中国广播艺术团一级演员，配音导演、配音演员。70年70人·杰出演播艺术家。第20届中国电视飞天奖优秀配音女演员。

秋波媚·七月十六晚登高兴亭望长安南山

陆游

秋到边城角声哀。烽火照高台。

悲歌击筑，凭高酹酒，此兴悠哉。

多情谁似南山月，特地暮云开。

灞桥烟柳，曲江池馆，应待人来。

《秋波媚》调名本意为咏美女顾盼流动的目光。清代纪昀《阅微草堂笔记》云："按，此调名'秋波媚'，即'眼儿媚'也。"南唐后主李煜《菩萨蛮》词有"眼色暗相钩，秋波横欲流"之句，形容美女流盼的目光，可为调名的注脚。此调为重头曲，每段由一个七字句、一个五字句、三个四字句组成，音节极为柔婉，宋人多用以写恋情。

正如词题，七月十六日晚，词人登高望远，极目抒怀。词人所登的高兴亭在南郑内城的西北，正对南山——南郑是当时抗金的前线，而长安当时在金占领区内，长安城南的南山是秦岭的主峰。此时陆游四十八岁，接受四川宣抚使王炎的邀请来到南郑从军。可以想见，当诗人站在南郑内城遥望被金占领的诸地时，收复关中的心情尤为激昂澎湃。

农历七月已是秋天，秋意来到边城，声声号角传达出对中原沦丧、战争未息的惋惜。表明前线无事的平安烽火映照着高兴亭。一边放声高歌一边击筑奏乐，站在高处将酒洒向深爱的国土，这是怎样的豪情呀！上片出现了"哀""悲"二字，前者形容边城号角声，后者修饰击筑高歌声。但此处并非悲哀之意：首先，映照高台的"烽火"是平安火——陆游《辛丑正月三日雪》诗自注："予从戎日，尝大雪中登兴元城上高兴亭，待平安火至。"又《感旧》自注："平安火并南山来，至山南城下。"都可以与这句互证。前线无事，并无哀愁。其次，登高放歌，慷慨悲壮，情绪激昂，这是一种收复失地的壮兴，并无悲凉之感。

下片的描写特别出色。词人秋夜登高望远，看见南山上一轮皎洁的明月。在词人的笔下，这月被拟人化了，也拥有了人的感情。为了让"我"更清楚地看见远处的南山，多情的南山月为"我"推开层层暮云。又或者，南山月也想更真切地看到南郑的景象，看到来收复关中的人。诗人本是写对祖国大好河山的无限热爱，却写这南山月温柔多情。"灞桥"和"曲江"都是长安城内的胜地，灞桥的烟柳、曲江的池馆，也都热切地期盼着、等待着收复关中的军队前来。事实上，词人自己何尝不是在热切地期望前往关中收复失地呢？

这首词充满了慷慨激昂的兴致和胜利在望的豪情，属于南宋爱国词作中少见的作品。

（撰稿：黄文静）

赵　静

上海电影集团演员剧团一级演员，中国电影家协会会员，中国电影表演艺术学会会员，上海语言文字工作者协会理事，上海朗诵协会副会长。

蝶恋花

范成大

春涨一篙添水面。芳草鹅儿，绿满微风岸。

画舫夷犹湾百转。横塘塔近依前远。

江国多寒农事晚。村北村南，谷雨才耕遍。

秀麦连冈桑叶贱。看看尝面收新茧。

范成大（公元1126年—1193年），字致能，号石湖居士，苏州吴县（今江苏苏州）人。南宋高宗绍兴二十四年（公元1154年）进士，曾任徽州司户参军、国史院编修官等职，官至吏部尚书、参知政事、资政殿大学士，晚年退居故乡石湖。绍熙四年（公元1193年），范成大逝世，享年六十八岁，谥号"文穆"。

范成大以诗名著称，其诗浅近平易，题材广泛，而以反映社会现实和描写乡村田园风光的诗作成就最高，同陆游、杨万里、尤袤并称为"南宋中兴四大诗人"。其诗风格平易浅显、清新妩媚，题材广泛，以反映农村社会生活内容的作品成就最高。今有《石湖集》《揽辔录》《吴船录》等著作传世。

这首词为范成大隐居苏州石湖时所作，描写了苏州的风物景观，清新自然，表达了词人对大自然的喜爱之情。词的上片描绘了一幅田园风景画，起笔先以黄绿色为基，渲染田间春景：春天来了，池水新涨，池边的芳草随风舞起，池中的小鹅摇摆着游动，习习微风中，鲜活的生机铺满整片堤岸。词人继续勾勒，画出自身所在。"画舫"，即彩船。"夷犹"，犹豫迟疑，这里是指船行迟缓。词人身在彩船上，这艘船正随着曲曲折折的河水缓缓行驶。"横塘"在苏州胥门外。"塔"指虎丘云岩寺塔。词人远远地看着，觉得塔很近，可是画舫总也行驶不到它的跟前，人与塔之间的距离就好像自己乘舟初行时那样远，这两句写得饶有趣味。词人并不急于赶到塔边，所以对远近并不在意，此时更使他喜悦的倒是一路行进的过程，江南水乡景致令他怡然忘忧。

词的下片写田园农事，流露出词人对农家生活的认同感、满足感。江南水乡，春日尚有余寒，天气转暖的时间稍晚，所以春季的一切农事活动开始得也稍晚。谷雨时节，村庄各处刚刚结束忙碌的春耕，春天的麦穗缀满山岗，一望无际。桑叶同样多产，自然价格便宜。"看看"，即将之意，透着津津乐道、喜迎丰收的情绪。整首词描绘出一幅清新明丽的江南水乡春景，词人笔下的麦穗、桑叶仿佛都有生命力一般，在读者脑海中随着词人的画笔而摆动，生机勃勃，充满活力。

这首词清新自然，散发着浓郁而恬美的农家生活气息，自始至终都流露着词人对水乡田园的喜爱之情，美景深情，读之令人陶醉。

（撰稿：江合友）

刘晓翠

中国国家话剧院一级演员。曾获中国戏剧梅花奖、文华表演奖、中国话剧金狮奖表演奖等奖项。

浣溪沙·江村道中

范成大

十里西畴熟稻香,槿花篱落竹丝长。

垂垂山果挂青黄。

浓雾知秋晨气润,薄云遮日午阴凉。

不须飞盖护戎装。

这首词应为范成大任四川制置使时，秋日因公巡行，途经"江村道中"所作的一首田园词。制置使属武职，唐代后期在用兵前后为控制地方秩序而设置。宋代沿置，初不常设，南渡后因对金作战，设置渐多，主要掌管捍卫疆土的军事。南宋时，川蜀、襄汉和两淮为沿边重镇，与金国接壤，常须戒备。故范成大在担任四川制置使期间，出游时也身着戎装。戎马倥偬间，看见江村一派丰收的景象，流露出了对农民辛勤劳动的赞美、对大自然的无限热爱。

小令以景见情，情景相生。词的上片写词人在江村道中的所见，充分调动视觉、嗅觉，色彩层次感强，景物错落有致。"十里西畴熟稻香"，先铺远景。畴，田地，陶渊明有"平畴交远风，良苗亦怀新"之句。风拂平野，稻谷飘香，金灿灿的十里西畴如浪花般舒展开来。"槿花篱落竹丝长"，将视角转向乡村农舍旁。木槿花有红、白、紫等颜色，此处不着一色，却给人无限遐想。细长的竹枝随风摇曳，又与木槿交相辉映，珊珊可爱。"垂垂山果挂青黄"，村后山坡上挂满了或青或黄的山果，"垂垂"二字，硕大饱满的果实如在目前。短短三韵，勾勒出了一幅有色有香的秋日田畴风景图。

描绘完地面上的景色后，词的下片转向空中，侧重于自我感受的抒发。"浓雾知秋晨气润，薄云遮日午阴凉"：秋日晨雾还未消散，空气清凉湿润；即便快到正午，也有薄云遮日，像是给天空撑上了一把轻薄的巨伞。"晨气润"和"午阴凉"的感受实则浸透身心，使人也朗润清凉起来。飞盖，驰车之意，以"不须飞盖护戎装"作结，除了指无须马车替"我"遮阳，更另有深意。词人奔走驱驰间，能沉下心来欣赏江村丰收之景实属不易，片刻闲暇在结句中凝固成永恒；也正因看见江村丰收，生活安定，便由衷盼望能早日卸下戎装，"复得返自然"，回归质朴原初的田园生活。

（撰稿：樊令）

张筠英

译制片导演、表演艺术家、中国十大演播家之一。曾荣获"五个一工程"奖广播剧奖、中国人口文化奖广播剧一等奖等奖项。

好事近

杨万里

月未到诚斋，先到万花川谷。

不是诚斋无月，隔一林修竹。

如今才是十三夜，月色已如玉。

未是秋光奇绝，看十五十六。

杨万里（公元1127年—1206年），字廷秀，号诚斋，吉水（今属江西吉安）人。南宋著名文学家、政治家，宋光宗曾为其亲笔题写"诚斋"，学者称其为"诚斋先生"。杨万里诗词俱佳，一生作诗两万余首，著有《诚斋集》，与陆游、尤袤、范成大并称为南宋"中兴四大诗人"。

《好事近》，双调四十五字，又称《钓船笛》《倚秋千》《秦刷子》《翠圆枝》。前后片各两仄韵，以入声韵为宜。

初读此篇，直接表现月的词句只有"月色已如玉"，似乎有落入俗套之感，但细细品读，作品的韵味竟正若杨万里所倡导的"活法"和"透脱"，慢慢地从字里行间渗透出来。

词作咏月，而开篇无月。想见月又没能够马上实现，而是先讲月的"未到"。"诚斋"是作者的书斋名，"万花川谷"是作者的花园名。拥书赏月，本是文人大雅之事，仰望夜空，如此美月，却未到诚斋，未尝不是一种遗憾。但词人笔锋一转，月在诚斋不得见，却在万花川谷可以遥望，抒情主人公得到了一种别样的慰藉。移步出书房，缘何诚斋无月？因修竹高且密也。空间的转换，让月的叙事有了层次，词的推进也有了层次。

下片推开空间之月，启动时间之月。今夜才是十三日的夜，距离满月尚有时日，但月色已经皎然如玉。咏月之作，总不能避免以玉比月，似乎已入俗套，而杨万里在此处将时间与空间进行了过渡和糅合，玉的比拟就显得空灵而且自然；笔法至此，仍旧没有写尽——十三日夜晚的月色已经明亮澄澈，可以想象，十五日、十六日更为饱满的月色，融合着秋光渐进，将呈现出更奇绝的美景。

整首词浑然一体，作为主体的"月"，杨万里采用了时、空两种方式进行衬托。上片用诚斋、万花川谷、修竹来衬月。移步换形来，写月光的有无；宕出一笔去，写修竹之戏月。下片用十三日的月来衬托十五日、十六日的月，以将词的延展性发挥到了极致。

月、竹掩映，月相渐满，人生也是如此——总有曲折交相，也总有一些美好在未来值得期待。

（撰稿：张石）

李 莉

北京广播电视台交通广播《一路畅通》节目主持人。

昭君怨 · 咏荷上雨

杨万里

午梦扁舟花底。香满西湖烟水。

急雨打篷声。梦初惊。

却是池荷跳雨。散了真珠还聚。

聚作水银窝。泛清波。

《昭君怨》，原古琴曲名，双调四十字，上下片相同。

这首词题为《咏荷上雨》，颇具写实的意味，进入词作的方式却是梦境。上片写词人的午睡之梦，词人梦到烟雾笼罩下的西湖，从船上一眼望去，美景尽收眼底。与此同时，作者不仅仅做了视觉上的铺陈，还兼做了嗅觉的渲染——香气弥漫在西湖之上，给梦境平添了几分色彩，也为整个词作提供了更为立体的叙事。突然，一阵暴雨击打船篷的声音，把他从梦中惊醒，一瞬间，先前的扁舟、荷花、烟水顿时消失，可以想见，词人此时对梦境还有些留恋，对雨声打断他的美梦不无遗憾。

下片写梦醒处。已醒未醒之间，词人倏然看到与梦境不同的现实。梦中有西湖烟雨，宏看扁舟过花；眼下有池塘夏荷，微观雨滴聚散。从梦中回到现实，眼见的真实可触的雨水，就像浑圆剔透的珠子，砸到廓大的荷叶上四散开来，又沿着荷叶的叶脉向中心靠拢，尤显真切和自然。于荷叶中心聚集在一起的珠子一般的雨滴，就像水银一样，相互吸附在一起，泛起阵阵涟漪。

回想梦中的香味，这不正是来自现实中的荷花香吗？梦境与现实的结合，形成了意境上虚与实似真似幻的并峙，层次感处理得非常清晰。同时，言人所未言，道人所未道，喻人所未喻，表述不拘一格，想象和语言不受羁绊，都集中体现出了杨万里"活法"的文学理念。

"诚斋擅写生"，钱锺书评价杨万里诗词时如是说："诚斋如摄影之快镜。兔起鹘落，鸢飞鱼跃，稍纵即逝而及其未逝，转瞬即改而当其未改，眼明手捷，踪矢蹑风，此诚斋之所独也。"可以看到，擅写动态，是杨万里的特点。静中求动，许多稍纵即逝的动态画面，在作者的笔下变得生动明快。同时，动态的描写，具有很强的叙事性，叙事与抒情的有机结合，让想象也能够落到实处。

（撰稿：张石）

狄菲菲

一级演员，"Listen·领声"创始人，中华文化促进会语言艺术委员会副主席，中广联合会演员委员会常务理事，上海迪士尼乐园声音导演，湖南卫视《声临其境》配音指导。

念奴娇·过洞庭

张孝祥

洞庭青草，近中秋，更无一点风色。

玉鉴琼田三万顷，着我扁舟一叶。

素月分辉，明河共影，表里俱澄澈。

悠然心会，妙处难与君说。

应念岭海经年，孤光自照，肝肺皆冰雪。

短发萧骚襟袖冷，稳泛沧浪空阔。

尽挹西江，细斟北斗，万象为宾客。

扣舷独啸，不知今夕何夕！

张孝祥（公元1132年—1170年），字安国，号于湖居士，乌江（今安徽和县东北）人。绍兴二十四年（公元1154年）状元及第，历任秘书郎、集英殿修撰、中书舍人、显谟阁直学士等职。乾道六年（公元1170年）于芜湖因中暑病逝，年仅三十九岁。

张孝祥工诗文，最擅词体，其词风雄浑豪放，既有抒发爱国豪情之声，又有描绘清丽景色之辞，与张元幹齐名，共称南渡初期"词坛双璧"，今有《于湖居士文集》《于湖词》等传世。

这首词作于南宋乾道二年（公元1166年），此前张孝祥出知静江府（今广西桂林），政绩斐然，却遭谗言而罢官。他离任北归，途经洞庭湖时赋此词，借洞庭夜月之景，抒发了豪迈气概，体现了高洁忠贞的节操。

词在开篇点出时间和地点：在中秋前夕，洞庭湖风静无波，湖水与青草湖相接在一起，一眼望去浩瀚无际。这景色有多纯洁多美丽呢？词人后续连用两个比喻，分别以玉镜和美玉比喻洞庭湖的澄澈，词人只一叶小舟，荡漾在这万顷无垠的美丽景色中，多么悠然自得！后句词人围绕"表里俱澄澈"继续刻画洞庭湖的夜景，月光将自己的光芒分给了湖水，那是因为湖水清澈，所以可以反射月光。前文说湖如玉鉴，那么能倒映出天上的银河也不是一件惊奇的事情。上片末句说"悠然心会，妙处难与君说"，是写词人自己的心境，他徜徉在大自然的美景中，而他自己的心也如洞庭湖一般澄澈清明，所以这种"悠然心会"的妙处，该是心物合一的状态。

过片处，交代自身境遇，说自己曾在广西为官，这一年"我"清正廉洁，"我"的胸怀高洁如冰雪，这一切只有日日陪伴"我"的月光才能够知道。洞庭"表里俱澄澈"，"我"亦"肝肺皆冰雪"。词人写洞庭湖的澄澈未必不是在写自己的胸怀，词人虽因被谗而免职，如今生活窘迫，头发稀疏，衣裳单薄，然而词人问心无愧，所以词人仍能安稳从容地泛舟于洞庭湖之上，并且气概豪迈，以江水为酒、北斗为器、天地万物为宾客，一起开怀畅饮。末句化用苏轼的"起舞徘徊风露下，今夕不知何夕"，改月下起舞为自身荡舟畅游，虽然情景不同，然而二词之间物我两忘、超尘脱俗的气概却十分相似。

这首词格调昂奋，一波三折，极为独到地做到了情景交融，天光与水色，物境与心境，昨日与今夕，全都和谐地融会在一起，光明澄澈，给人以美的感受。

（撰稿：江合友）

郭兆龙

国北京广播电视台新闻广播《北京新闻》播音员，主任播音员。纪录片配音：《钢铁脊梁》《李兆麟》等。

西江月

张孝祥

问讯湖边春色，重来又是三年。

东风吹我过湖船，杨柳丝丝拂面。

世路如今已惯，此心到处悠然。

寒光亭下水如天，飞起沙鸥一片。

这首词大约作于绍兴三十二年（公元1162年），此时张孝祥自建康还宣城，途中经溧阳而重游三塔寺，因"重来又是三年"，三年内词人遭两次罢官，对此湖光山色，无不心生感慨，于是挥笔写下此词。

　　上片前两句以一种亲切的、类似与湖光山色"打招呼"的方式开篇，点明自己时隔三年重游故地，写出自己与山水的天然亲近。后两句"东风吹我过湖船，杨柳丝丝拂面"，写词人舟行游赏的所见所感：和煦的春风拂面而来，好似旧相识，帮着吹拂轻舟前行，柳杨也如此"热情"地拂上词人的面庞。这里，词人以轻快的笔触写出舟行之适意，同时，运用移情手法，赋予此地山水以人的感情，从对面落笔，写山水对自己的亲近。

　　下片"世路如今已惯，此心到处悠然"写词人由此情此景生发的情感。"世路如今已惯"呼应"重来又是三年"，这三年里，词人因遭受朝中政敌迫害而两度被罢免官职，在历经宦海浮沉之后，重来此地心情已与三年前不同，对于难以改变之政治腐败局面、自身有志而难以受到重用的个人命运已更加能释怀。"此心到处悠然"写此时泛舟游赏山水之心境，词人转向自然寻求宁静，在与自然的亲近中，一切世俗的纷扰、斗争都已忘却，如"久在樊笼里，复得返自然"，词人在山水中重返本真。最后两句以眼前一个特写镜头作结："寒光亭下水如天，飞起沙鸥一片。""寒光亭"位于词人泛舟之三塔湖边；"水如天"展现出三塔湖水域之开阔，也映照着词人胸怀之开阔。在开阔的水域背景下，点染出沙鸥之飞起，场景动静相宜，"沙鸥"暗合《列子·黄帝》中"鸥鸟忘机"的故事，表明词人物我两忘，与自然合而为一。

　　全词写重游之景，映照重游之心境，表达词人在山水中忘却世俗、重返本真的适意心情，词人豁达之心性、超尘之风姿靡不毕见。

（撰稿：陈骥）

李 杰
　　北京广播电视台《北京新闻》主持人，播音指导。首届中国播音主持"金声奖"获得者。

扫描二维码，
收听宋词诵读

诵读人
李嘉佳

北京广播电视台交通广播主持人，主持《一路畅通》节目。2004年度全国优秀娱乐节目主持人。

南柯子

王炎

山冥云阴重，天寒雨意浓。

数枝幽艳湿啼红。莫为惜花惆怅、对东风。

蓑笠朝朝出，沟塍处处通。

人间辛苦是三农。要得一犁水足、望年丰。

王炎（公元1137年或1138年—1218年），字晦叔，一字晦仲，号双溪，婺源（今属江西）人。孝宗乾道五年（公元1169年）进士，调明州司法参军，再调鄂州崇阳簿。江陵帅张栻檄入幕府，议论相得。后通判临江军，除太学博士，迁秘书省著作郎。不畏豪强，终因谤罢。嘉定十一年（公元1218年）卒。有词集《双溪诗余》。其词"不溺于情欲，不荡于无法"，意境清新自然，感情质朴健康，这首《南柯子》就是颇具代表性的词作。

《南柯子》，唐教坊曲名，又名《南歌子》《春宵曲》《望秦川》《风蝶令》。有单调、双调。单调二十三字或二十六字，平韵，例用对句起。宋人多用同一格式重填一片，谓之"双调"。双调五十二字，又有平韵、仄韵两体。王炎此调，五十二字，前后段各四句、三平韵。

此词起笔三句，描摹了农村郊野春雨欲至的景象。"山冥云阴重，天寒雨意浓"，以对仗开篇，从大环境着手渲染。山色昏暗，阴云密布；气温骤降，寒意袭人。这一切似乎昭示着一场大雨正在酝酿，让人联想到姜夔"数峰清苦，商略黄昏雨"之句。接着，词人用一个特写镜头捕捉到了气候对花色的影响。"数枝幽艳湿啼红"，本该耀眼夺目的春日，在"云阴重""雨意浓"的自然环境下显得暗沉无光，因此"明艳"的花朵转向"幽艳"。"湿啼红"形象地写出雾气凝聚的水珠在花瓣间翻滚，泛起微弱光亮的场景。同时，词人也运用拟人手法，将饱含浓重水汽之花比作眼角噙着莹莹泪珠的少女，脉脉含情，风姿摇荡，赋予静态的花以流动的生命力。"冻云黯淡天气"下的此情此景，难免使文人生出无限幽怀，而"莫为"二字笔锋陡转，一扫伤春惜花情怀，奉劝人们不要因风雨摧残着美丽的花朵而惆怅满怀。换言之，除了个人的狭小情感，应有更值得关注的事。

过片，词人直接把视线转向苍生。"蓑笠朝朝出，沟塍处处通"，沟塍，指农田的水沟和田埂。尽管风雨如晦，辛勤劳苦的农民们仍然披蓑戴笠，下田耕作，将田埂沟渠整理得井井有条。"朝朝""处处"两个叠词，体现了词人溢于言表的感慨与赞美。三农，指一年中的三次农忙，即春耕、夏耘、秋收。"人间辛苦是三农"句，词人换位思考，深切地体恤到了农民劳作的不易。结句"要得一犁水足、望年丰"写出了劳动人民真切朴素的愿望：盼望雨水充足，五谷丰登，有一个丰收的年成。忙于劳作的农民是没有闲情去临风惆怅、赏花惜花的。词的上下片形成了鲜明对比，表现了作者与劳动人民息息相通的思想感情。

这首词语言晓畅，明白如话，风格与感情都是质朴健康的。王炎将春风春雨与农民生活、农业生产联系起来，跳出了伤春惜花的狭小天地，看见了天下苍生的苦难与愿景，殊为难得。

（撰稿：樊令）

诵读人
虹 云

西江月·夜行黄沙道中

辛弃疾

明月别枝惊鹊，清风半夜鸣蝉。

稻花香里说丰年，听取蛙声一片。

七八个星天外，两三点雨山前。

旧时茅店社林边，路转溪桥忽见。

辛弃疾（公元1140年—1207年），南宋著名词人，原字坦夫，后改字幼安，中年后号稼轩。历城（今山东济南）人。青年时，积极参加抗金斗争。曾上书南宋朝廷，条陈战守之策，但不被采纳。后到江西、湖南、福建等地为官。由于与当政的主和派政见不合，故而屡遭迫害，最终退出政坛，抱憾而逝，享年六十八岁。后赠少师，谥号"忠敏"。

辛弃疾是南宋著名爱国词人，词作充满对国家兴亡的忧虑和收复山河的豪情，倾诉报国无门、壮志难酬的悲愤。风格以豪放为主，与苏轼合称"苏辛"，但又不拘一格，一些描摹壮美山川、隐居生活的小令则风格明快、清丽，亦受到人们赞许。有《稼轩长短句》等传世。

这首词题中的"黄沙"，即黄沙岭，位于今江西上饶以西。辛弃疾被罢官后，闲居带湖，带湖与黄沙岭相距不远。带湖一带风光美丽，人情醇厚，慰藉了处于逆境中的词人。这首词通过描绘黄沙岭的自然美景，表达了词人内心平和、喜悦之情。

词的上片先写眼前景物，即明月、清风、惊鹊、鸣蝉。词人将这些物象组成一种独特的夏夜景致，有动有静，别有情趣。接下来，词人又写自己嗅到稻花香味，由此想到今年一定会是一个丰收年。好景致、好年景令人欣喜，正如那一片蛙声，此起彼伏，在词人心中荡漾不已。

下片先写天上的疏星、飘落的小雨。天空有明月，所以只能看到稀疏的星星。这里的描写，都与上片的景致有联系，有时间上的延续性，切中了"道上行"的题意。接着，一路走，一路看，只见天空与远山把夜色衬托得更加辽阔、清幽、恬静……结尾两句，含蕴丰厚。一路前行，转了一个弯，过了一条溪，忽然看见了土地庙林了边上的那个乡村小店。"旧时"一词，透露了词人以前曾经来过这个小店。但上次来的时候心情怎样？是不是也跟这次一样？词人并没有说。到此，全词戛然而止，这就给人留下无穷的想象空间，令人玩味无穷。

这首词以朴素的语言、平凡的景象抒闲适之情，情景交融，意蕴悠长，实属难得，是宋词中少见的以田园风光为题材的佳作。通过这首词，我们也可以领略稼轩词于雄浑豪迈之外的另一种境界。

（撰稿：路英勇）

虹 云

播音员、主持人，播音指导，70年70人·杰出演播艺术家。代表作：《午间半小时》《话说长江》《话说运河》等。首批金话筒开拓金奖得主。

南乡子·登京口北固亭有怀

辛弃疾

何处望神州？满眼风光北固楼。

千古兴亡多少事？悠悠。

不尽长江滚滚流。

年少万兜鍪，坐断东南战未休。

天下英雄谁敌手？曹刘。

生子当如孙仲谋。

《南乡子》，原为唐教坊曲名，后用作词牌名。正体双调五十六字，上下片各四平韵，一韵到底。关于词牌名，一般认为源自南乡（今云南、贵州、四川地区）一带的民谣曲调。多咏江南风物，逐渐扩展为抒情、言志等题材。音节流丽谐婉，声情掩抑。《南乡子》还有许多别名，如《好离乡》《蕉叶怨》等。

这首词是辛弃疾任镇江知府时，登临京口（今江苏镇江）北固亭，触景生情而写下的一首词。词作抒发了词人对北方故土的深切怀念，表达了对英雄报国的无限渴望，激越悲壮，是一首饱含浓浓爱国情感的佳作。

词的上片，由景生情，表达了词人对千古兴亡的感慨。起首一句"何处望神州"，以反问的形式，加强语气。国土沦丧，神州安在？这是一声仰天长叹，听来悲壮、凄恻。接着，词人把目光从远处收回，满眼皆是北固楼风光。北固楼所在的京口，三国东吴孙权曾建都于此。词人由北固楼联想到孙权，又由孙权联想到朝代更替，于是慨叹千古兴亡之事，正如这长江之水悠悠而逝。"不尽长江滚滚流"，借用了杜甫《登高》中的诗句："无边落木萧萧下，不尽长江滚滚来。"水悠悠，念悠悠，感慨系之，意蕴深长。

词的下片，以议代叙，表达了词人对一代英雄孙权的赞美。三国时，吴国偏于东南一隅，势单力薄。孙权临危受命，励精图治，与曹刘抗衡，终成三国鼎立之势。词尾更是直接引用曹操的赞语，表达了对孙权的由衷钦佩。《三国志·吴书·吴主传》中，裴松之注引《吴历》说，曹操与孙权对垒，见"吴军乘着战船，军容整肃；孙权仪表堂堂，威风凛凛"，于是赞叹道："生子当如孙仲谋！"辛弃疾赞誉孙权，其实是在自我激励，希望自己豪气不减当年，仍能成就一番英雄伟业。

这首词即景抒情，借古喻今，雄壮豪迈，意境高远，体现了辛弃疾豪放词的鲜明特征。说到豪放词，人们常以"苏辛"并举，但他们的"豪放"是有所不同的。大体说来，苏词飘逸奔放、清新旷达，辛词则雄浑、慷慨、悲壮。《南乡子》这首词，有一股豪迈的英雄气贯注其中，是辛词"豪放"风格的典型代表。

（撰稿：路英勇）

原 杰

中央广播电视总台央广原专职编委。曾任《午间半小时》节目主持人、央广午间节目部主任等。

丑奴儿·书博山道中壁

辛弃疾

少年不识愁滋味，爱上层楼。

爱上层楼，为赋新词强说愁。

而今识尽愁滋味，欲说还休。

欲说还休，却道"天凉好个秋"！

《丑奴儿》，又名《采桑子》，原为唐代教坊曲名，后用为词牌名。正体双调四十四字，上下片各四句三平韵。关于词牌名，人们多认为出自汉代乐府诗《陌上桑》。此调宜于抒情与写景，既可表现婉约的风格，又可表现豪放的风格。《丑奴儿》除较常见的《采桑子》外，还有其他别名，如《丑奴儿令》《罗敷媚》《罗敷媚歌》等。

这首词是辛弃疾闲居带湖时所作。题中的"博山"位于今江西广丰，离带湖不远。辛弃疾此次游于博山道中，没有专注于风景，而是思绪纷飞，悲愁满腔。情动于衷而形于言，他便在博山道中的一道石壁上题了这首词。词作所表达的是词人对自己人生遭际和国家命运的深重忧虑。

这首词通篇言"愁"。上片回顾少年时不知愁而"强说愁"。辛弃疾生长在中原沦陷区，青年时积极参加抗金斗争，又义无反顾地投奔南宋朝廷。他是坚定的主战派，上书条陈御敌之策、训练士兵积极备战……凡此种种，都是为了实现复国的大业。那时的他，意气风发，壮志凌云，真是"少年不识愁滋味"。

下片则写"而今"历尽劫难，"识尽愁滋味"，却"欲说还休"。词人立志报国，却又报国无门，而且还落了个被弹劾、遭削职的下场。千般悲愁，郁结于心，不吐不快，但最终他还是没有说出口。因为，他不知从何说起，也不知说了又有什么用。最后一句"却道'天凉好个秋'"，寓意极为深远。词人现在不想再说"愁"了，而是用"天凉好个秋"来表达此时的心情。谁都知道"秋"象征着什么，天凉了，秋到了，那么自己的命运将会如何呢？国家的命运将会如何呢？读至此，不禁令人悲从中来，唏嘘不已。

全词构思新巧，以"愁"为线索，前后对比，层层铺展，言浅而意深，情真且委婉，别具耐人寻味的情韵，达到了一种高超的艺术境界。也正因为如此，这首词所表达的人生体验，具备了一种普遍的意义，无论哪个时代的人，都能从中获得情感的共鸣。

（撰稿：路英勇）

艾宝良

70年70人·杰出演播艺术家，中广联合会有声阅读委员会专家组成员。曾演播《鬼吹灯》《盗墓笔记》等。

太常引·建康中秋夜为吕叔潜赋

辛弃疾

一轮秋影转金波，飞镜又重磨。

把酒问姮娥，被白发、欺人奈何？

乘风好去，长空万里，直下看山河。

斫去桂婆娑，人道是、清光更多。

《太常引》，词牌名，又名《太清引》《腊前梅》等。双调四十九字，上片四句四平韵，下片五句三平韵。

这首词相传是辛弃疾在建康（今江苏南京）任江东安抚司参议官时所作。当时，作者南归已十余年，先后上《美芹十论》《议练民兵守淮疏》《九议》等，深刻地分析宋金双方的形势，提出统一国家的详密计划，心系恢复中原。但当时的南宋朝廷内部，主战、主和两派斗争激烈，更兼辛弃疾为人性格果敢、刚正不阿，触怒了一些权贵，终未能施展抱负。

因为现实太过逼仄，辛弃疾的一腔孤愤唯有倾注在词中、酒中，词酒交融，幻化出浓郁的浪漫主义色彩，这首《太常引》就是这一类作品的代表。全词自词题中"中秋夜"三字发端，写中秋之夜，明月高悬，清光万里，词人与亲友把酒言欢。但微醺之后，联想到白发侵鬓，身已老大而中原未复，不禁悲从中来。"把酒问姮娥，被白发、欺人奈何"，这一问极为高明。既是块垒在胸无法排解的怅然相问，也是生命将衰而功业未立的无尽自伤。设此对月一问，由嫦娥奔月的传说切入，全词便由实境彻底转入虚境。

整个下片，作者几乎是一气呵成。"乘风好去，长空万里，直下看山河"，他以瑰丽的想象之辞，表达了对祖国山河的真挚情感，这也是他一生热望恢复中原的思想底色。而"斫去桂婆娑，人道是、清光更多"，更是表达了词人激愤的情感和美好的愿望。周济在《宋四家词选》中说："桂婆娑""所指甚多，不止秦桧一人而已"。这些带给宋朝人民无尽苦难的"婆娑桂影"，既包含南宋朝廷偏安一隅的主和势力，也包含北方大片领土上的金人势力。辛弃疾愿将他们一并"斫去"，让月亮的清辉洒在他心心念念一生咏唱的"汉山河"。

全词虽名"为吕叔潜赋"，但想象瑰丽，格调激越，既是赠人，亦是自赠，可谓是借他人酒杯浇自家块垒。

（撰稿：陈骥）

陈志峰

中央广播电视总台《夕阳红》节目主持人，主任播音员，70年70人·杰出演播艺术家。2001年荣获第五届金话筒金奖。

清平乐·村居

辛弃疾

茅檐低小，溪上青青草。

醉里吴音相媚好，白发谁家翁媪？

大儿锄豆溪东，中儿正织鸡笼。

最喜小儿亡赖，溪头卧剥莲蓬。

这首词创作于辛弃疾隐居上饶期间。词人满怀谋略，心系家国，却长期不得志，被迫退隐山林，前后达十八年之久。在此期间，赣东北农村的秀丽风光，以及宁静朴素的农村生活，极大地抚慰和滋养了在尔虞我诈的官场中饱受创伤的词人。得闲徜徉于秀美的乡野，词人的心灵也迸发出清新自然的愉悦。

这首《清平乐》纯用白描手法，短短四十六字，就将一幅山野画图栩栩然展现在眼前。词人镜头打开，上片先泛写"茅檐低小"之纵向景物，再写"溪上青青草"之横向景物，如此，则图画格局初定。然后，再进一步将镜头推近，给茅屋畔年长的白发老翁、老妪来了个特写。同时，还给配了画外音。"醉里吴音相媚好"，既是对上饶地区特有的绵软婉媚的吴方言的真实描写，也是对老年夫妇亲密相依情感的美好烘托。

下片承上片而来，假借老翁、老妪的视角，观察和描写了他们三个儿子劳动和嬉戏的场景：大儿子正在小溪的东头锄豆；二儿子正在勤劳地编织鸡笼；而他们最心疼的小儿子，正"无赖"地卧在溪头剥着莲蓬。无赖，此处为"顽皮"的意思。"无赖"二字与"卧"字一起，生动描写了小儿子天真、活泼的样子。

全词"溪"字三见，勾连贯穿全篇。词人将茅檐、小溪、青草等寻常景物和锄豆、织鸡笼、剥莲蓬等惯见活动缀连在一起，构成了一幅清新宁静的美好画面，俗而出新，平中见奇，体现了高超的艺术技巧。

（撰稿：陈骥）

滕　欢

　　北京广播电视台播音指导，《北京新闻》栏目主播。曾现场解说国庆70年天安门广场联欢、北京文化论坛等大型活动。

永遇乐·京口北固亭怀古

辛弃疾

千古江山,英雄无觅,孙仲谋处。

舞榭歌台,风流总被,雨打风吹去。

斜阳草树,寻常巷陌,人道寄奴曾住。

想当年,金戈铁马,气吞万里如虎。

元嘉草草,封狼居胥,赢得仓皇北顾。

四十三年,望中犹记,烽火扬州路。

可堪回首,佛狸祠下,一片神鸦社鼓。

凭谁问:廉颇老矣,尚能饭否?

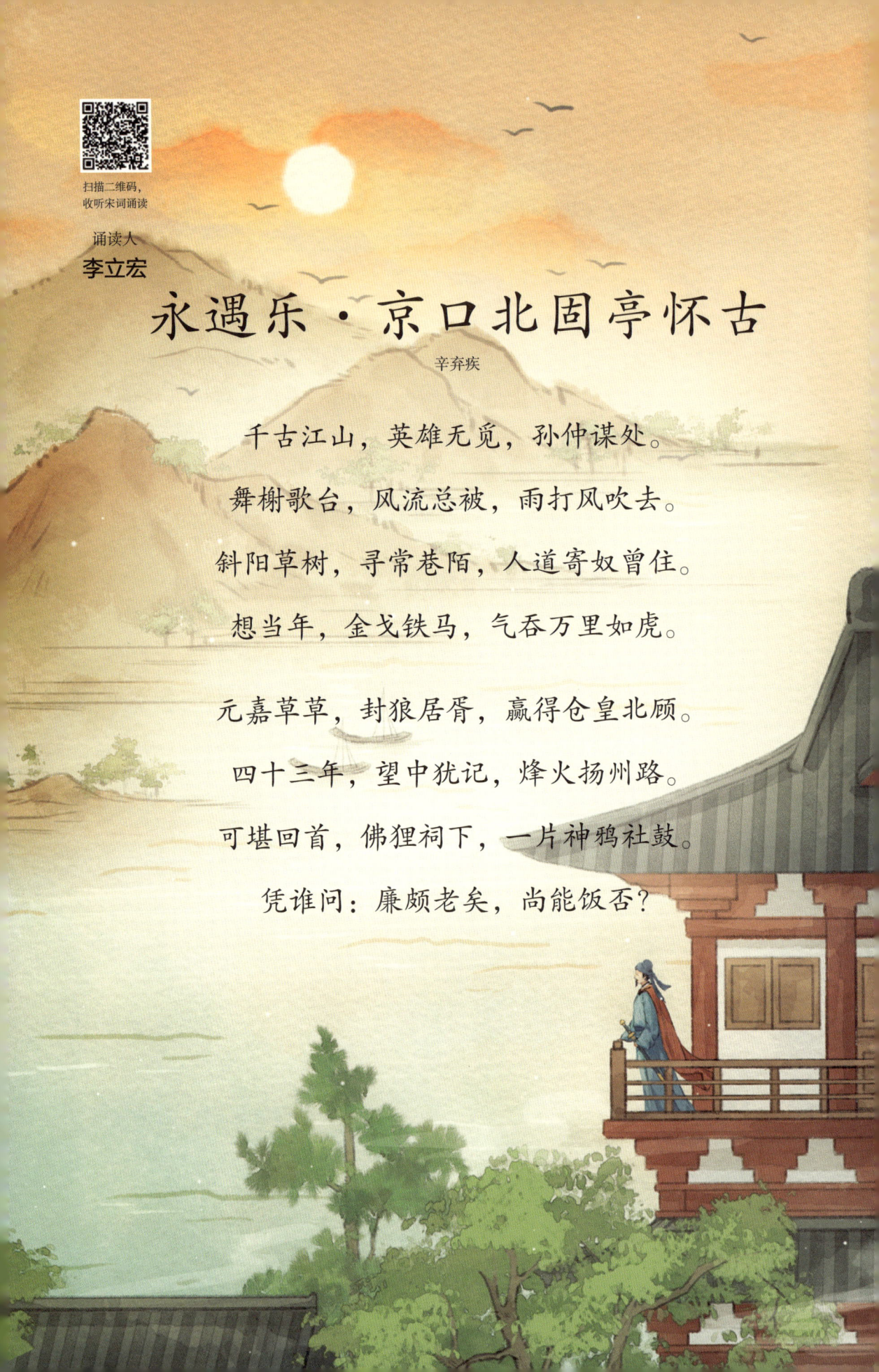

《永遇乐》，双调词，一百零四字，上下片各十一句，多押去声韵或上声韵。这个词牌创调于北宋，主要抒发的并非喜悦之情，而大多是一种沉郁而悲愤的情感。

这首词作于开禧元年（公元1205年）。当时的辛弃疾已经南归四十多年，在多年退隐山林之后，终于再次被起用，先任浙东安抚使，再知镇江府。但是，主事者只是想利用辛弃疾主战派元老的身份作为号召，并非真正想委以重任。因此，在这首词中，结合当时的局势，作者的心态是非常复杂的，北伐中原之豪情壮志未歇，还夹杂着一份老成谋国的审慎与忧思。

词的上片自"千古江山"四字起手，词境宏阔。孙仲谋，即东吴政权的创建者孙权；寄奴，即刘宋政权的创建者刘裕。辛弃疾先后化用孙权割据江东与刘裕建立刘宋政权并两度挥师北伐的典故，抒发了自己的怀古之幽情与现实之感慨。风流人物已是"雨打风吹去"，只剩下"寻常巷陌"消沉于历史的河流。但他们"金戈铁马，气吞万里如虎"的英雄气概和不朽功业一直激励着作者。

词的下片，作者的心情却再一次转入深沉。"元嘉草草，封狼居胥，赢得仓皇北顾"三句，是写元嘉年间，宋文帝刘义隆三次北伐，因为准备不足，最终都以失败告终。这也是在深刻警告当权者，北伐固然重要，但一定要准备充分，寻找时机，不能够"草草"行事。究其原因，便是在辛弃疾率众南归后的四十三年间，整个社会风貌都已经产生了巨大的变化。"佛狸祠下，一片神鸦社鼓"，佛狸，为元魏太武帝拓跋焘小字，佛狸祠与他相关。这三句是写南宋偏南日久，老百姓都已经忘记了民族耻辱。但是，作者并不认为北伐时机已失，而是隐然以身系时局的元老自任，更自比为垂暮之年仍能"一饭斗米，肉十斤，被甲上马"的老将廉颇，期待为国出征。

辛弃疾的这首词全篇用典，但无一处不与当时的现实紧密相连。虽通篇记载古人之事，但无一处不是说当下之事。长于用典，这也是辛弃疾词最鲜明的艺术特征之一。

（撰稿：陈骥）

李立宏

配音、演播艺术家，中广联合会有声阅读委员会专家组成员，现任教于中国传媒大学戏剧影视学院，长期从事有声艺术语言教学与实践活动。

浪淘沙·山寺夜半闻钟

辛弃疾

身世酒杯中。万事皆空。

古来三五个英雄。雨打风吹何处是，汉殿秦宫。

梦入少年丛。歌舞匆匆。

老僧夜半误鸣钟。惊起西窗眠不得，卷地西风。

这首词作于辛弃疾退隐生活的后期。政治上的屡遭排斥，以及长期退隐山林的生活，不能不让辛弃疾耿介孤傲的心灵蒙上一层阴影。在理想与现实之间，出仕与退隐之间，他有过苦闷，也有过消沉。"人生行乐耳，身后虚名，何似生前一杯酒"（《洞仙歌》），"寻思人世，只合化，梦中蝶"（《兰陵王》），他摩挲佛老，沉迷酒杯，企图在虚无中得到解脱。

在《浪淘沙》这首词中，辛弃疾也开篇即说："身世酒杯中。万事皆空。"什么都是虚的、空的，唯有饮酒才能忘怀世上的烦恼与虚名。而历史上的那些能入自己眼的英雄豪杰，本来就只有三五个人，现在也都雨打风吹去，消逝于历史的长空。"古来三五个英雄。雨打风吹何处是，汉殿秦宫。"寂寞、失落之意，溢于言表。同时，此处不单是写历史上英雄寥寥，更是暗喻南宋朝廷缺少人才，所以偏安一隅。

整个上片已是虚写，到了下片，辛弃疾不怕全词如无根之萍絮，漫无止泊，而是笔锋一转，"梦入少年丛。歌舞匆匆"，徘徊梦境，进一步虚写幻化。直至最后三句："老僧夜半误鸣钟。惊起西窗眠不得，卷地西风。"以钟声惊梦，而最终回到现实；也以钟声惊破衰颓消沉、歌酒浮生的迷惘，重新正视社会生活的苦难与理想、英雄的操守与节慨。但是，苦难与理想不言而喻，操守与节慨词人却没有直接说破，而是借英雄不眠、西风卷地来抒写，可谓是弯弓盘马，引而不发，体现了他过人的艺术技巧。

（撰稿：陈骥）

天 时

　　北京广播电视台文学编辑、播音员。编辑录制代表作：纪实文学《回鹿山》。

诵读人
陈 铎

鹧鸪天·代人赋

辛弃疾

晚日寒鸦一片愁。柳塘新绿却温柔。

若教眼底无离恨，不信人间有白头。

肠已断，泪难收。相思重上小红楼。

情知已被山遮断，频倚阑干不自由。

中国诗歌自楚辞起，即有"香草美人"的传统，就是借对香草、美人的描写，抒发自己忠君爱国的高尚情操，如《离骚》中"惟草木之零落兮，恐美人之迟暮""众女嫉余之蛾眉兮，谣诼谓余以善淫"等，皆为此类。这首词，不出意料，也是这一类作品。

这首词一开篇，就营造了一个斜阳寒鸦、柳塘初绿的思人景象。并且，这种思人的景象是层层递进的，晚日寒鸦已够愁人，此为一层，偏偏还是在柳塘新绿、水波温柔的春日，此又为一层，且互为递进关系。营造好了气氛，词人便直抒胸臆了："若教眼底无离恨，不信人间有白头。"远方的情人久未归来，时光悠悠，真不知今夕何夕。而人的衰老与死亡却是生命的必然，谁都无法抗拒，这等寻常道理词人肯定都懂，他却要说"不信人间有白头"，这略显稚气，更违反常理的话，作者偏偏说得斩钉截铁。由此，更显出词人对"眼底有离恨"的无尽遗憾了。

但是，写罢上片，作者似乎觉得这番憾恨还没有写尽，下片更要翻进一层。"肠已断，泪难收。相思重上小红楼。"本来都已经想清楚，不再做他归来的打算，但是，因为思念在心，实在难以排遣、难以放下，忍不住又一次登高望远。并且，这一番望远，情知本来也是望不见的。"情知已被山遮断，频倚阑干不自由"，知其不可而为之，这又是何等的想念、何等的痴念。无限温柔的情感层层递进，于最末迸发出来，产生了震撼人心的力量。

我们也能联想到，词人对北方故土的思念，正如这怀人远望的女子期盼情人归来，如此深情，如此坚定。

（撰稿：陈骥）

陈　铎

中央广播电视总台主持人，朗诵艺术家，70年70人·杰出演播艺术家，新中国第一代电视工作者。

沁园春·灵山齐庵赋
时筑偃湖未成

辛弃疾

叠嶂西驰，万马回旋，众山欲东。

正惊湍直下，跳珠倒溅；小桥横截，缺月初弓。

老合投闲，天教多事，检校长身十万松。

吾庐小，在龙蛇影外，风雨声中。

争先见面重重，看爽气朝来三数峰。

似谢家子弟，衣冠磊落；相如庭户，车骑雍容。

我觉其间，雄深雅健，如对文章太史公。

新堤路，问偃湖何日，烟水蒙蒙？

《沁园春》，调名缘起《后汉书》，沁园指公主之园。最早传世作品为张先词《沁园春·寄都城赵阅道》，但张先之词与苏轼《沁园春·孤馆灯青》相比，尚欠精工，故后人填词多遵苏词，以为正体。《钦定词谱》收此调共七体，其中正体为双调，一百一十四字：上片十三句，四平韵；下片十二句，五平韵。此调上下片四字对偶句甚多，多抒发壮阔情志，为豪放派词人所钟爱。有《寿星明》《洞庭春色》等别名。

这首词作于宋宁宗庆元二年（公元1196年）前后，此时辛弃疾罢官闲居上饶。"灵山"是上饶西北方的一座山，"齐庵"是山中庵堂，"偃湖"为山中正在修筑的人工水域。从词题来看，此词为辛弃疾于灵山齐庵中所作，此时他闲居此地，营造山水以寄寓失意之心情。

上片前三个短句将灵山写得极富动态，开篇即显示出力量感。以骏马奔驰、回旋之动态来写山，赋予了灵山无限气势。山中飞瀑之"跳珠倒溅"也见出生气。后两句写横跨在湖上的小桥如初弦月，"弓"字活用为动词，画面静中含动。接下来的三句"老合投闲，天教多事，检校长身十万松"，写自己被派遣来管领灵山十万棵松，这里是自嘲也是胸中悲愤的委曲表达，表现出辛弃疾渴望统率大军为国征战的豪情壮志，也流露出他英雄失意、无路请缨之悲慨。末三句写自己所居，"龙蛇影""风雨声"借前人语典继续写松，同时也道出自己与松树、与自然山水的密切关系。

下片以聚焦式笔法继续写松，"争先见面重重"和"爽气"写松树如将士般有着激昂的士气。以下七句更是融合了比拟、比喻、用典等手法集中写松。写长松如谢家子弟一般，有着倜傥风采，又如司马相如的车骑随从般气度雍容，而词人身处其中，只觉长松如司马迁的文章一般"雄深雅健"，宏伟而深邃。以人喻山，可见辛弃疾对灵山、对长松倾注了无限感情，已然将其视为麾下亲密之将士，抑或是知己。最后三句，展望偃湖营造后的情景，"烟水蒙蒙"中融入了辛弃疾对这一片山水的亲切感情，也映照出英雄词人之豁然与自适。

全词意脉流畅、词境浑融，激越而不粗豪，充满力量而又不流于叫嚣，这样的功力非豪放派领军人物辛弃疾不可，虽为描写山水，但词人的英雄豪情及不甘赋闲的心志已然包蕴其中。

（撰稿：陈骥）

唐国强

中国国家话剧院一级演员，毛泽东特型演员，书法家，导演，中广联合会演员委员会会长。获得中国国家话剧院"终身荣耀艺术家"称号。

菩萨蛮·书江西造口壁

辛弃疾

郁孤台下清江水，中间多少行人泪？

西北望长安，可怜无数山。

青山遮不住，毕竟东流去。

江晚正愁余，山深闻鹧鸪。

南宋孝宗淳熙二年（公元1175年），因茶商叛乱，辛弃疾受命调任江西提点刑狱，节制诸军平叛。叛乱平定次年，他调任京西转运判官。自赣州北上赴任，途经赣江边上的造口驿，辛弃疾不禁想起建炎三年（公元1129年）金兵大举南侵。隆祐太后在徽、钦二帝靖康被掳之时，因废后的身份得以幸免。她主张迎立康王赵构为帝，助大宋艰难中兴。有人称赞隆祐太后："异日国有事变，必此人当之。"这样一个有功于大宋的太后，却被金人逼迫至此，其屈辱与伤痛令辛弃疾这样的有志之士绝难忘怀。

词人以此事起兴，却不执着叙事，起笔即宕开，写距离造口驿百里之外的郁孤台。郁孤台曾改名为望阙，用《庄子》中山公子牟"身在江海之上，心居乎魏阙之下"之意。"郁孤"二字本就有郁郁然孤起之意，加上郁孤台改名的典故，瞬间振起全词，再以"清江水"奔流而下，顺势写到词人所在的造口，自然切入主题，实在是横绝之笔。当年的造口不只有隆祐太后，更有无数流离失所奔逃着的百姓，他们苦难的泪水就滴落在这依旧激荡的赣水中，此时词人仿佛仍旧可以感受到那无尽的苦涩与绝望。"西北望长安"从郁孤台的"望阙"意生出，写到那遥不可及的皇城。有人说"长安"是北宋都城汴梁，也有人说是南宋都城临安，或许二者兼而有之，"长安"不仅意味着光复中原的梦想，还意味着中兴大宋的重任。然而，随着一纸调令，词人将远离权力中心，远离对战前线，所有的梦想都将化为乌有。眼前的青山就像调令，遮挡了他望向君王的赤诚双眼，也阻挡了他实现抱负的坚实脚步。

可是无数"青山"遮不住东去的流水，万般阻碍挡不住词人的报国情怀。过片写眼前山水，一字不离，却寄托了词人远大的志向和不屈的意志。只不过，夕阳西下，江面上铺满落日的余晖，远山幽微，一阵阵鹧鸪悲凉的叫声传来，萦绕在青山绿水之间，久久回响。有人认为鹧鸪声如"行不得也哥哥"，这里指江西百姓对辛弃疾的不舍；也有人认为鹧鸪为南方鸟类，叫声只令北人哀愁，切合辛弃疾北人归南的身份，让他回想为了中兴而南归的理想；还有人认为"江晚"与鹧鸪声暗示大宋的衰落，有着"夕阳无限好，只是近黄昏"的忧愁与伤怀。这种多义性恰恰是辛弃疾词比兴寄托的特色所在，读者尽可以按照自己的逻辑去解释、去探索词人之心。即便读者不想探究深意，只身处这深山、这流水、这阵阵鹧鸪声中，都会生出无限哀愁，牵出无比惆怅。

梁启超曾评价这首词"如此大声镗鞳，未曾有也"。的确，此前《菩萨蛮》词牌多用于写儿女柔情，到了辛弃疾手中，它才展露出沉痛激越的一面。这是辛弃疾突破词牌固有声情的一个表现。

（撰稿：王贺）

郑 磊

北京广播电视台新闻广播主持人，现任《主播在线》《大城小事》主持人。小说演播作品：《边城》等。

水龙吟·登建康赏心亭

辛弃疾

楚天千里清秋，水随天去秋无际。

遥岑远目，献愁供恨，玉簪螺髻。

落日楼头，断鸿声里，江南游子。

把吴钩看了，阑干拍遍，无人会、登临意。

休说鲈鱼堪脍。尽西风、季鹰归未。

求田问舍，怕应羞见，刘郎才气。

可惜流年，忧愁风雨，树犹如此。

倩何人唤取，红巾翠袖，揾英雄泪。

此词约作于宋孝宗淳熙元年（公元1174年），此时辛弃疾南归已十二年，而朝廷仍与金人妥协，不图收复。词人于建康（今南京）西城的赏心亭登临远望，俯瞰河山之际，激发了内心的多重感情。

上片前两句描绘出一幅辽阔的江天秋景图，"千里""水随天去""无际"写空间之无穷无际，词人眼底的山河壮阔无比。而接下来的三个短句，写出远处山峦青翠秀丽的同时，也赋予了山峦人的感情，"献愁供恨"是因山河破碎而愁恨。国土沦陷，不仅人悲，山川亦悲。后三个短句平铺落日、断鸿、游子三个典型意象，将词人故土沦落、飘零无依的悲慨与暮色浑融。末三句更是写出身世谁悲、知音难觅的孤独。"吴钩"作为战争意象，也融入了英雄词人收复失地之志。

下片密集出现三个典故："鲈鱼堪脍"反用张季鹰归隐的故事，写出词人对收复失地、扭转战局的坚定之心；"求田问舍"表达对许汜独善其身的鄙薄，以及对刘备胸怀天下的敬仰；"树犹如此"用典故背后的情感意蕴，表达时光不等人的悲慨。词人南归十二年，日日盼收复却无路请缨，个中悲苦谁识？最后三句落到词人自身，在现实无望的情况下，词人只能短暂地借"红巾翠袖"的柔情给愁苦失落的人生以慰藉。

此词融合了多重感情，显示出辛弃疾丰富的内心世界。词作既写豪情又寓悲慨，写豪情以深婉之笔出之，抒柔情又渗透着英雄豪气，显示出辛词刚柔相济的风格。

（撰稿：陈骥）

许文广

影视演员，制片人。一级演员，中国国家话剧院影视公司董事长、演员中心主任。中广联合会演员委员会副会长。影视作品：《唐明皇》《芈月传》《人民的名义》等。

摸鱼儿

辛弃疾

更能消、几番风雨。匆匆春又归去。

惜春长恨花开早，何况落红无数。

春且住。见说道、天涯芳草迷归路。

怨春不语。算只有殷勤，画檐蛛网，尽日惹飞絮。

长门事，准拟佳期又误。蛾眉曾有人妒。

千金纵买相如赋，脉脉此情谁诉。

君莫舞。君不见、玉环飞燕皆尘土。

闲愁最苦。休去倚危栏，斜阳正在，烟柳断肠处。

这首词作于宋孝宗淳熙六年（公元1179年），由词前介绍性小序"淳熙己亥，自湖北漕移湖南，同官王正之置酒小山亭，为赋"可知，此时词人由湖北调往湖南任职，与同是为官调任者王正之一同饮酒。词人自南渡以来一直身居下位，未曾得到重用，此次调职也属于简单的平级调动，并无实现政治理想、收复国家失地的希望，于是饮酒以排遣苦闷的心情，写下此词寄托幽怨。

上片写暮春景象，于伤春情绪中寄寓幽怀。开篇两句以询问语气，表达对暮春风雨摧残下的春花的问候与关怀。下两句直摹内心感叹：春天过于短促，花的生命周期伴随春天结束，落红满地、香消玉殒，令人扼腕。"春且住""怨春不语"以拟人笔法写春，也写出了词人由留春到怨春的心理变化。最后几句转入写"画檐蛛网"，它们保存了春花最后的痕迹，有着对春花的拳拳挚诚之心与执着。词人伤春，也融入了对国家衰落的感伤以及对国家盛日的眷恋与执着。

下片由惜花转入叹惋历史上的美人的不幸命运，词人运用香草美人的比兴手法，抒发自己与花、与美人命运同构的悲感。以陈皇后千金买赋的典故，类推历史上赵飞燕、杨玉环的故事，点出命运莫测、世事变化无常的盛衰哲理，以此来安慰友人王正之并自我宽慰。而"蛾眉曾有人妒"化用屈原"众女嫉余之蛾眉兮"的语典，同用比兴，抒发自己徒有才华志气，却始终不得重用、报国无门的悲哀，暗合作者此时"自湖北漕移湖南"的心境。最后几句由历史转入现实，映照出词人形象。此时处于暮春，又是落日时分，最是容易牵引国恨、触发飘零身世的感伤之际，词人将满腔哀怨与苍茫暮色相融，以景结情，感人至深。

全词运用比兴手法，托惜花、惜美人写出词人不得志的哀怨幽愤，词风蕴藉且兼含骨力，显示出刚柔并济的风格，是辛词中的佳构。

（撰稿：陈骥）

张 宏

朗诵艺术家，中华文化促进会朗读专业委员会常务副主任，中国教育电视台《诗意中国》发起人、总导演。

贺新郎

辛弃疾

甚矣吾衰矣。怅平生、交游零落,只今余几。

白发空垂三千丈,一笑人间万事。

问何物、能令公喜。

我见青山多妩媚,料青山、见我应如是。

情与貌,略相似。

一尊搔首东窗里。想渊明、停云诗就,此时风味。

江左沉酣求名者,岂识浊醪妙理。

回首叫、云飞风起。

不恨古人吾不见,恨古人、不见吾狂耳。

知我者,二三子。

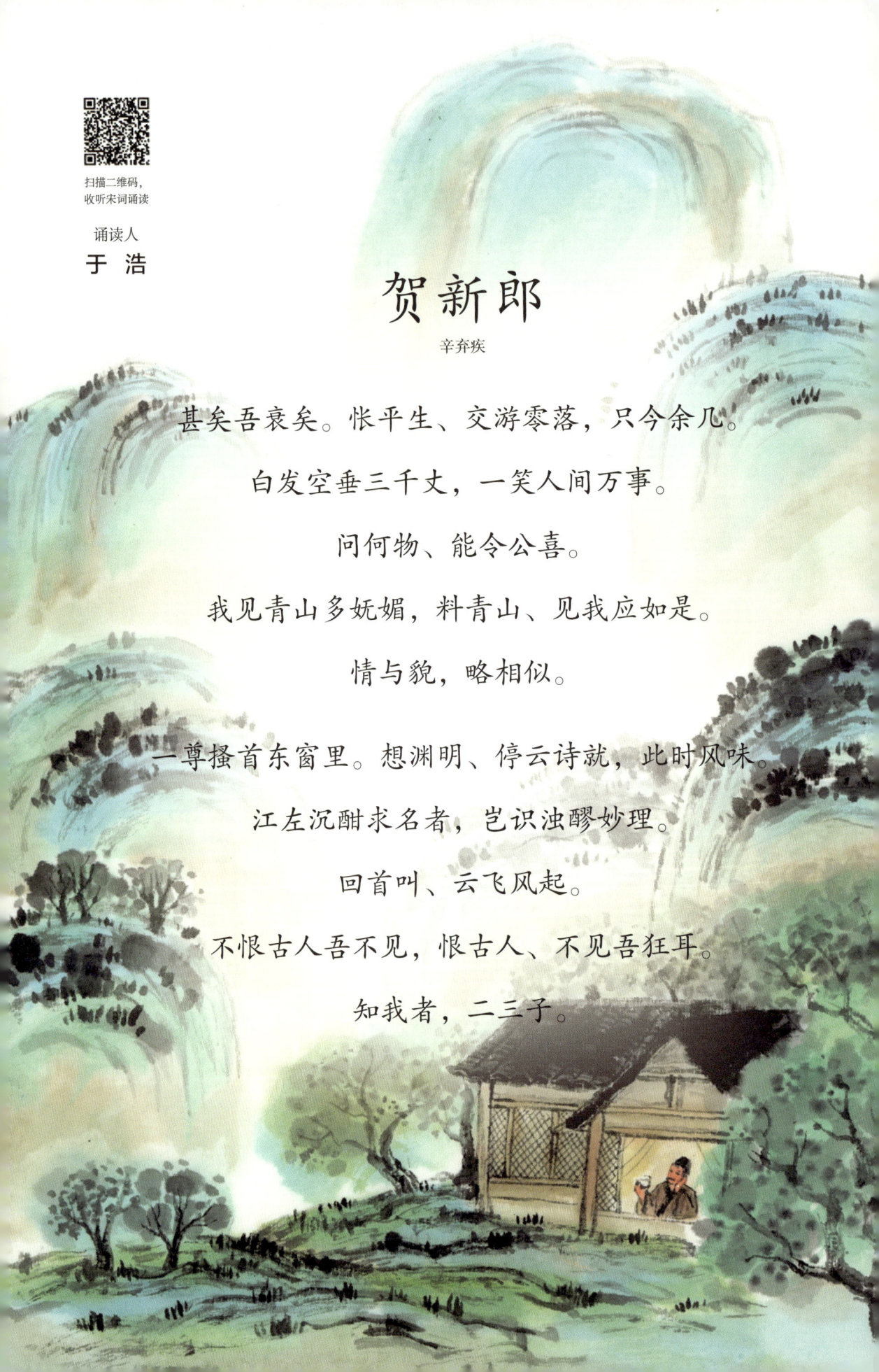

此词约作于宋宁宗庆元四年（公元1198年），此时辛弃疾罢职闲居多年，于上饶铅山一带营造家居，借山水以寄托不得志的失意与幽愤。这首词词前有小序："邑中园亭，仆皆为赋此词。一日，独坐停云，水声山色，竞来相娱。意溪山欲援例者，遂作数语，庶几仿佛渊明思亲友之意云。"可知，辛弃疾渴慕陶渊明高洁的人格与志趣，与自然相亲，对自己营造的园亭充满着感情。

　　上片先借古人典故，抒发世事无常、人生易老之悲感。"甚矣吾衰矣"化用《论语》语典，抒发老去之悲，转入后两句知交零落的孤独。接下来几句展开具体叙述，化用李白"白发三千丈"和《世说新语》中郗超、王恂"能令公（桓温）喜"的典故，强化词人老去之悲和孤独的情感。而后点出自身与自然的亲近，自然抚慰、治愈着词人的悲伤。"我见青山多妩媚，料青山、见我应如是"为全篇警策，承接"问何物、能令公喜"的设问，点出自己与自然山水引为知己的亲密关系，且设想奇特，见出词人素心。

　　下片集中用典。前三句化用陶渊明的诗句，以陶自况，表达高洁志趣。后两句以一个反问，表达对"江左沉酣求名者"借饮酒以假"狂"的蔑视，突出对陶渊明真名士、真疏狂的追求，同时暗含对本朝官员汲汲为名、缺少真气节的痛心。"回首叫、云飞风起"过渡句后，词人转入自身，由"狂"展现出傲视古今、舍我其谁的英雄气概。"知我者，二三子"再次化用《论语》语典，呼应上片的"交游零落"，也暗合本朝少真狂士、真知己的孤独，情感一气流转，令人动容。

　　全词用典密集，典故与事理、情感相浑融，辅助感情的抒发，且以经史子等散文语句入词，显示出辛词"以文为词""无意不可入"的特征。词风兼融豪气与沉郁，见出英雄魄力和文人笔力。

（撰稿：陈骥）

于　浩

　　北京广播电视台新闻广播《主播在线》《成长日记》主播。中国当代语文学会理事，中国文化促进会主持人专业委员会专业委员。

破阵子·为陈同甫赋壮词以寄之

辛弃疾

醉里挑灯看剑，梦回吹角连营。

八百里分麾下炙，五十弦翻塞外声，沙场秋点兵。

马作的卢飞快，弓如霹雳弦惊。

了却君王天下事，赢得生前身后名。可怜白发生！

这首词堪称"壮词"，可令辛弃疾与同样胸怀报国之志的陈同甫相互激励奋发，但豪情之中又隐含悲慨，融合词人此时赋闲居家、壮志难酬的苦闷，词作情感层次更加多样、深沉。

"醉里挑灯看剑"，短短六个字却用三个连续的、富有特征性的动作，塑造了一个壮士的形象，让我们从那些动作中去体会人物的内心活动、去想象人物所处的环境，意味无穷。"醉"往往是心情低落后借酒消愁，"挑灯"更写明是深夜中难以成眠。此等深夜，因何而醉？因何难眠？仿佛有无限愁绪，词人却并不直说，反而从现实的苦闷与限制中宕开一笔，写"看剑"之行为。虽暗含只能"看剑"而非用剑的无奈，却明以壮士豪情，引入豪壮的"梦回"。当虚实在"醉"后终于融合，词人的"梦回"才是理想的真实写照。他的梦想是"吹角连营"的报国前线、号声鼓舞，是"八百里分麾下炙，五十弦翻塞外声"的雄壮战斗、慷慨激昂，是"沙场秋点兵"的战斗准备、意气昂扬。

行文至此，词人已牵引我们忘记暗藏的忧愁，进入慷慨激昂的战场，感受将士的意气风发。但辛弃疾的"壮词"却并不止于此，反而突破词以上下片段落之分的限制，继续细细描绘。"马作的卢飞快，弓如霹雳弦惊"，词人将此前战场豪情的画面、声音描写延续到下片，于战斗场景中振奋精神。"了却君王天下事，赢得生前身后名"，更以战无不胜的战斗前景，畅想保家卫国之壮志、个人声名之豪情都得以实现。这似乎已经是词人为自己和陈同甫这类爱国志士描绘的最好的人生图景。此篇"壮词"所能达成的激励与共勉，也终于在"梦"中层层铺垫的描写后，于此攀上了理想的最高峰。开篇之伏笔却于此时突然出现，急转直下，"醉"有醒时，"梦"回之际，回归现实后，只余下"可怜白发生"。一句感叹，饱含词人多少现实辛酸，重重落在所有读者心头。

沈德潜曾评价李白的《越中览古》，"三句说盛，一句说衰，其格独创"，此篇"壮词"布局似乎也有类似之奇。词人以"醉"与"梦"开端，糅合虚实，独设心境。全词九句写豪情，一句归现实，陡然下落，戛然而止。理想只能在梦中实现，理想越豪壮，越反衬出现实之无奈，虚实对比之间，最终将这声极壮又极悲的慨叹刻在无数心同此志、人同此情的爱国志士心中。

（撰稿：胡晨曦）

张纪中

　　著名导演、制片人。主要作品：《三国演义》《水浒传》《西游记》《笑傲江湖》《民工》等。曾获"五个一工程"奖、飞天奖、金鹰奖等奖项。荣获中国电视剧产业20年群英盛典"突出贡献人物"称号、全国德艺双馨终身成就奖等。

青玉案·元夕

辛弃疾

东风夜放花千树。更吹落、星如雨。

宝马雕车香满路。

凤箫声动，玉壶光转，一夜鱼龙舞。

蛾儿雪柳黄金缕。笑语盈盈暗香去。

众里寻他千百度。

蓦然回首，那人却在，灯火阑珊处。

《青玉案》，词牌名，取自东汉张衡《四愁诗》："美人赠我锦绣段，何以报之青玉案。"又名《横塘路》《西湖路》《一年春》等。以贺铸词《青玉案（凌波不过横塘路）》为正体，双调六十七字，上下片各五仄韵。另有双调六十八字，上下片各四仄韵等十二种变体。代表作品有辛弃疾《青玉案·元夕》等。

关于此词的创作时间，学界并无定论，普遍认为作于南宋乾道年间。面对强敌压境，南宋当权者不思恢复中原，反而沉湎声色，极力排挤主战的辛弃疾等爱国忠臣。这首词抒发的正是词人力图恢复中原的忧愤与不肯同流合污的孤寂。

上片写景。元宵夜满城彩灯，就像春风一夜间吹开了千树万树的繁花。烟花满天燃放，仿佛是春风吹落了一阵又一阵的流星雨。"东风夜放花千树"一句，妙用岑参的诗句"忽如一夜春风来，千树万树梨花开"。出人意表的是，这东风吹开的不是春日里的繁花，而是上元春夜的火树银花、这美得不可方物的灯海星雨。"宝马""雕车""凤箫""玉壶"等美丽辞藻，化成了一个个万花筒般的镜头：奢华马车的芳香络绎一路，笙箫乐韵悠扬，皎洁的月轮光辉流转，鱼龙曼舞欢歌通宵达旦。此处"玉壶"，可喻明月、花灯。"鱼龙舞"指民间的"社火"百戏。此片中，绮丽的意象纷至沓来，传神地描绘了元夕灯火璀璨、歌舞绚烂、万民同欢的繁华景象。

下片写人。元夕市集上丽人们盛装打扮，发髻上插着蛾儿、雪柳、金丝绦等华丽头饰。她们语音娇婉，巧笑嫣然，婀娜多姿，行经之处，阵阵香风飘过。"众里寻他千百度"一句，写词人目光焦灼地在人群中千百回地寻找，那人却始终芳踪渺然。猛然回头，竟看到所寻之人就伫立在那灯火稀疏的角落。此片中，词人以一群花枝招展的红粉美女去衬托心中这清丽绝尘、遗世独立的佳人。"灯火阑珊处"的"那人"，具有多重意义，表面上看是作者的意中人，也有学者认为是北宋旧都汴京，或寄托着作者理想人格的化身。

以香草美人来寓意对国家和君主的忠贞始于屈原。辛弃疾所处的年代，强虏压境，国势衰颓，南宋腐败的统治阶级只求偏安江南，纵情歌舞享乐，对内粉饰太平，对外屈辱求和，故认为此词中"灯火阑珊处"的佳人是金兵蹂躏下暗无天日的"汴京"也无不可。因为，以南宋繁华的虚假表象来反衬中原沦陷地区的黑暗现实，亦符合词人在此词中的讽喻笔法。梁启超评此词："自怜幽独，伤心人别有怀抱。"辛弃疾文韬武略，力主抗金，却屡遭迫害，但他宁过寂寞的乡居生活，也不愿与投降派同流合污。故可更贴切地说，词中"灯火阑珊处"那位遗世独立的佳人，正是作者自己的写照，也是其理想人格的艺术反映，表达了词人高洁的情操和对恢复国家统一的坚定志向。

全词意象新奇，别有寄托，寓意深刻，艺术造诣神妙。词中运用了层层叠加的反衬手法，先是上片铺开了一幅火树银花、富丽繁盛的全景图，继而镜头收窄至下片的暗香浮动般走过的一群群盛装丽人，最后聚焦在灯光昏暗处那孤高无匹的绝世佳人。由极闹到孤寂，由璀璨到暗淡，由众里寻他千百度到不期而遇，一层又一层神奇的反衬，富有戏剧效果，完美地建构了深沉而高远的词境。

词人洞悉形势，却无力回天，故在词中表现了屈原式不肯随波逐流的"举世皆浊我独清，众人皆醉我独醒"的无比孤寂和悲愤。词中把元夕渲染得越是纸醉金迷，即对懦弱自私的南宋当权派的谴责越为严厉！而对所寻之人的刻画越是冷寂孤高，则对国家兴亡、百姓命运的忧虑越为深切！

"众里寻他千百度，蓦然回首，那人却在，灯火阑珊处。"王国维把这种境界称为古今之成大事业、大学问者，必经三种境界的第三种，即最高的境界。诚然，这是有大作为者的独到体验。蓦然回首，遇到千寻不遇的那人，是"山重水复疑无路，柳暗花明又一村"式的惊喜，也正是人们做大事业或追求真理而费尽心力后，在绝望中突然看到希望时的一种境界。

（撰稿：冯倾城）

崔 杰

一级演员、导演、主持人。

陈亮（公元1143年—1194年），字同甫，号龙川，人称"龙川先生"。南宋思想家、文学家。婺州永康（今属浙江）人。其为人才气超迈，喜谈兵事，孝宗时作《中兴五论》，表达其抗金主张。光宗绍熙四年（公元1193年）状元及第，授签书建康府判官，未赴任卒。陈亮提倡注重事业功利、有补国计民生的"事功之学"，为浙东事功学派的永康学派主要代表。有《龙川文集》《龙川词》。

刘熙载曾在《艺概》中将陈亮与辛弃疾相提并论："陈同甫与稼轩为友，其人才相若，词亦相似。"古人登高必赋：辛弃疾在镇江北固亭有《永遇乐》；同样在镇江，俱是登临抒怀，陈亮登多景楼则有这首《念奴娇》。

当时，陈亮为筹划北伐策略，正考察北临长江的镇江的山川地势，此篇即考察后所作。词作开篇"危楼还望"点题，接着以"今古"奠定此词借古讽今的基调，为下片的频繁用典做准备。词人登上高楼，以经济之略自负的他，胸中一腔忧愤，人世间古往今来有谁能领会呢？没有人回答，眼前只有"鬼设神施"般极其险峻的山川形势，令人一声长叹。这进可攻、退可守的绝佳地理形势，反而成了宋王朝恃险扼守的天然的"南疆北界"！笔触至此，我们终于明白了词人难以为人领会的"此意"是什么了——他痛恨当权者的不思进取，白白浪费着这个足以与北方强敌争雄的形胜之地，苟且偷安。纵然此地"一水横陈，连岗三面"，横贯着波涛汹涌的长江，环绕着连绵起伏的山岗，又有什么用呢？当权者们和六朝南渡的那批人没什么两样，都只为个人家族的利益营营苟苟。词人在这里运用了拟人的修辞手法，说山川不语犹有争雄之意，而无能者却倚仗天险一隅苟安，真是辛辣的讽刺。

过片词人继续用东晋的故事对统治者进行批判，他们学着渡江的东晋贵族感慨故国沦亡，空自洒英雄之泪，却没有光复神州的实际行动。只是划江而守，颓靡不振，完全不顾沦陷区的中原人民依旧在外敌的腥膻之下呻吟。无情地揭露了统治者的自私无能之后，词人也从忧愤转为豪迈，正面提出自己的北伐主张："正好长驱，不须反顾，寻取中流誓。"《晋书·祖逖传》："（祖逖）中流击楫而誓曰：'祖逖不能清中原而复济者，有如大江！'"凭借这样有利的江山形势，真正的英雄应该像当年的祖逖那样，长驱北伐，中流击楫，立誓收复中原；应该像当年的谢安一样，有坚定的胜利信心，何必要惧怕强大的敌人呢？至此，全词在激越的情感喷薄中收束，充分展现了词人豪迈的胸襟和气度。

全词上片借景生情，下片抒发议论，笔锋犀利，气势纵横，体现了词人义无反顾的北伐信心和决心。这种誓要恢复河山的英雄气概，我们今天读来，依旧酣畅淋漓。

（撰稿：樊令）

西江月

刘过

堂上谋臣尊俎，边头将士干戈。

天时地利与人和。燕可伐欤曰可。

今日楼台鼎鼐，明年带砺山河。

大家齐唱大风歌。不日四方来贺。

刘过（公元1154年—1206年），字改之，号龙洲道人，吉州太和（今江西泰和）人。刘过饱怀爱国热情，一生力主抗金，宋光宗时，曾向朝廷上书陈述恢复中原方略，但未被采纳，后终身未入仕，流落江湖间。刘过曾从辛弃疾游，其词风亦受到稼轩披拂，多慷慨豪壮之音。有《龙洲集》《龙洲词》等传世。

宋高宗南渡之后，领土丧失，国家分裂，但是无数有志之士，始终怀着收复中原、恢复统一的殷切希望。刘过这首词，据说就是为当时的权臣韩侂胄贺寿并预祝北伐胜利而作。词人借词作陈述政治理想的同时，也表明对南宋王朝收复失地的信心和愿景。

如此信心从何而来呢？词人上片分析了北伐抗金的形势，说道："堂上谋臣尊俎，边头将士干戈。"堂上，即朝堂之上；尊俎，即樽、俎，分别是盛放酒水、食物的容器。这两句的意思是说：朝堂之上，我们有很多善于运筹决策的谋臣；边关要地，我们也有无数枕戈待旦的英勇将士。"天时地利与人和"都具备了。"伐金可以取得胜利吗？""必然可以！"

词人这里提到天时地利，便顺势巧妙地化用了《孟子·公孙丑下》里的典故："沈同以其私问曰：'燕可伐欤？'孟子曰：'可！'"词人借用一个"可"字，斩钉截铁地表明了全体军民收复故土的壮志和决心。巧用典故的同时，在口语的表达之下也极大地增强了词作的表现力。辛弃疾《西江月》亦有"以手推松曰去"的相似句法，同样是爱国主义词人，从这里我们可略看出稼轩词风对刘过的影响。

下片首句的"鼎""鼐"均是重器，这里暗用典故，用之代指执掌国家大权的宰相韩侂胄。王君玉《国老谈苑》："寇准出入宰相三十年，不营私第。处士魏野赠诗曰：'有官居鼎鼐，无地起楼台。'""带砺"，《史记·高祖功臣侯者年表》："封爵之誓曰：'使河如带，泰山若厉，国以永宁，爰及苗裔。'"今天我们有寇准那样清廉的宰相，明天黄河、泰山都会重新回到国家的怀抱中，"国以永宁"！到时候大家就齐唱汉高祖刘邦凯旋而歌的《大风歌》吧！全词至此，已经达到了振奋人心的效果，词人相信，只要军民上下同心，北伐指日可待，宋王朝很快就会像上古的周王朝那样"受天之祜，四方来贺"。

刘过此词，气势磅礴，典故贴切，繁而不冗。他别具匠心地选择了《西江月》这个爽畅的词调，上下片开头的两个对仗句，更是结构匀称、音调铿锵，堪称当时人民渴望北伐胜利、恢复中原一统的强音！

（撰稿：樊令）

姚 迪

北京广播电视台主持人，配音员。有声演播作品：《匆匆那年》《国运1644》《北京时间》等。

扬州慢

姜夔

淮左名都，竹西佳处，解鞍少驻初程。

过春风十里，尽荠麦青青。

自胡马窥江去后，废池乔木，犹厌言兵。

渐黄昏，清角吹寒，都在空城。

杜郎俊赏，算而今，重到须惊。

纵豆蔻词工，青楼梦好，难赋深情。

二十四桥仍在，波心荡，冷月无声。

念桥边红药，年年知为谁生？

姜夔（约公元1155年—1209年），字尧章，南宋著名文学家、音乐家、书法家，号白石道人，饶州鄱阳（今江西鄱阳）人。姜夔孤贫不第，终生未仕，依靠朋友接济、售卖字画为生。他多才多艺，于词道犹精，作品以空灵含蓄著称。有《白石道人诗集》《白石道人歌曲》《诗说》《续书谱》《绛帖平》等书传世。

《扬州慢》是姜夔的自度曲，即自创词牌名。词前小序交代了创作背景：姜夔经过扬州，看到战乱后的古都破败不堪，一时感触创制了这个词牌。《扬州慢》共九十八字，前后片各四平韵，前片第四句、第五句及后片第三句、第八句皆由上一下四句法。序中说这首词有"黍离"之悲，也就是故国之思，后人填此调时，也多用以抒发怀古幽情。

词以地名开篇。淮左名都，指的就是扬州。南宋时，淮南道分为东西两路，淮南东路也称为淮左，扬州就处于此地。竹西佳处，指的则是城外的一座小亭子，亭子得名于杜牧的"谁知竹西路，歌吹是扬州"，叫竹西亭。在这座亭外，词人"解鞍少驻初程"，停下来稍事歇息。

人停下来，视觉镜头就慢慢推远了，"过春风十里，尽荠麦青青"。杜牧有"春风十里扬州路"的诗句，写长街十里，佳丽无数，这是繁华风流的扬州城最知名的写照。但到姜夔来时，这样的盛景已经没有了，原本热闹的长街，只剩下一片青青的、野生的麦子。人文痕迹彻底湮没在自然中，好像没有存在过一样，这就是序里提到的"黍离"之悲。为什么会这样呢？"自胡马窥江去后，废池乔木，犹厌言兵。"十五年前，金主完颜亮南侵，江淮军败，扬州在战乱中被洗劫破坏，这就是"胡马窥江"。虽然过了这么多年，但人们想起那时的战事，依然心存痛恨。废池，是荒废的池沼，指旧宫殿；乔木，是多年长成的大树，孟子曾用来与"世臣"，也就是世代的家臣作比——这两个意象，都是古都才可以用的。

在这样萧条的情境中，天色慢慢黑了，"渐黄昏，清角吹寒"——扬州是南宋与金国的边界，所以经常有军队的号角声吹响。这一个"寒"字，就把角声的凄凉和天气的寒冷连接起来，形成了冰冷的通感。在听觉与感受的交织下，姜夔结束了上片，"都在空城"。城空了，人没有了，只有凄清的角声在空荡荡的城里来回敲击的回音，就更催动了一重心灵上的寒冷。

上片写景，下片转向人文。词人触景生情，想到了扬州的标签人物杜牧，"杜郎俊赏，算而今，重到须惊"。这两句前，上片已经铺垫了与杜牧相关的两个典故，这两句后又增加了三个：“豆蔻词工”，是杜牧的“豆蔻梢头二月初”；“青楼梦好”，是杜牧的“赢得青楼薄幸名”；“二十四桥仍在”，是杜牧的“二十四桥明月夜，玉人何处教吹箫”。它们描写的都是扬州美丽的少女和痴情的歌妓。一串美丽的联想引起了词人感慨，“波心荡，冷月无声”。追怀往事，心湖荡漾，但最终落在眼底的，只有一片无声的冷月。在这样的荒凉里，作者完成了最后一句追问：“念桥边红药，年年知为谁生？”物是人非，但物亦有灵。在最寒冷的冬至，词人把尾韵留给了春日的芍药花，虽然“知为谁生”的疑问仍带着凄凉与不确定，但时间终究来到了新一重的轮回里——明天，或许还不及今日，也或许会有好事发生。绝境中的期盼，正是灵魂不愿沉沦而选择的自我救赎。真正的好词，往往是需要这样一道回力的。

（撰稿：李让眉）

杨 波

中央广播电视总台央广主播，“阅读中国”阅读大使。《新闻和报纸摘要》《全国新闻联播》《全球华语广播网》等节目主播。首届播音与主持金话筒奖、中国新闻奖获得者。

《暗香》，姜夔的自度曲，标明"仙吕宫"，词前有小序："辛亥之冬，予载雪诣石湖，止既月，授简索句，且征新声，作此两曲。石湖把玩不已，使工妓隶习之，音节谐婉，乃名之曰《暗香》《疏影》。"光宗绍熙二年（公元1191年）冬天，姜夔冒雪访范成大于石湖，应邀谱曲填词以咏梅花。后张炎用来咏荷花、荷叶，改词牌名为《红情》《绿意》。此调九十七字，前片五仄韵，后片七仄韵，例用入声韵部。

这首词感怀今昔，借咏梅寄托词人的身世之感。上片侧重写与梅花有关的美好回忆，与而今的落寞形成对比。起三句回忆过去月下赏梅，梅边吹笛的场景，情致高雅而豪迈。接下来"唤起"两句承上，增加了"玉人"冒着严寒同赏梅花的场景，境更美，而情愈深。"何逊而今渐老，都忘却、春风词笔"，陡然一转，词人自比何逊，感叹才情同年华一并老去，往昔的豪情风采，曾经相伴的佳人，如今都已不复可寻。壮志消磨，岁月蹉跎，无限感慨。末二句"但怪得、竹外疏花，香冷入瑶席"又一转折，此刻虽无咏梅的心情，但竹林边的几簇梅枝把冷香送入宴席之中，把词人的心绪搅起千层涟漪，诗思难以遏止，不得不又重拾"春风词笔"。

下片重在抒发身世之感，在过去和现在相互交织和对比中含蓄道出。换头四句，先荡开一笔，说想要折梅寄远，可叹路途遥远，积雪阻碍，欲寄而不能，于是无限惆怅。江国，指河流多的地区，即江南。折梅相寄，用北魏陆凯《赠范晔》诗意："折梅逢驿使，寄与陇头人。江南无所有，聊赠一枝春。"接下来"翠尊"两句，继续诉说相思之苦，折梅欲寄而不能，因此对翠尊、红萼伤心哭泣。词人转换了一个角度，说红色的梅花虽然无言，但仍在相忆我与佳人携手赏梅的美好往事。接下来"长记曾携手处，千树压、西湖寒碧"两句，顺承上文，回到过去，美好的往事是什么样的呢？是我曾共佳人携手同游西湖的时候，千树梅花盛开，倒映在西湖碧绿的水面之上。何等胜境，何等温馨，以壮语诉柔情，是大手笔！而且词人从冰冷的湖中倒影去写花开热闹的景色，表达了真实的内心感受：当时是无比温馨，在此刻回忆起来，却又无限苦涩，恐怕再也回不去了。刘熙载在《艺概》中用"幽韵冷香"来评价姜夔词，可谓精准。结拍"又片片、吹尽也，几时见得"两句又回到现在，眼前的寒风吹落梅花，花落难寻，旧欢难觅，宛曲不尽，倍极伤心。问"几时见得"，表面上在问何时能再见到梅花，其实是在问何时能够和佳人重逢。全词以疑问结尾，以梅花纷落之景语收束，不尽缠绵之意，余味无穷。

这首词是咏物名作，全篇与所咏之物"不即不离"，似咏梅而实际并非咏梅，略过物态的描摹，非咏梅而又句句与梅有关，重在抒写与梅相关的情感、故事。张炎《词源》要求咏物词"所咏了然在目，且不留滞于物"，以此观之，《暗香》堪称典范之作。

（撰稿：江合友）

沁园春·忆黄山

汪莘

三十六峰，三十六溪，长锁清秋。

对孤峰绝顶，云烟竞秀；悬崖峭壁，瀑布争流。

洞里桃花，仙家芝草，雪后春正取次游。

亲曾见，是龙潭白昼，海涌潮头。

当年黄帝浮丘，有玉枕玉床还在不？

向天都月夜，遥闻凤管；翠微霜晓，仰盼龙楼。

砂穴长红，丹炉已冷，安得灵方闻早修？

谁知此，问源头白鹿，水畔青牛。

戴复古（公元1167年—？），字式之，因隐居南塘石屏山上，故自号石屏、石屏樵隐。天台黄岩（今浙江台州）人，南宋著名江湖诗派诗人。著有《石屏诗集》《石屏长短句》。

《柳梢青》，又名《玉水明沙》《云淡秋空》《雨洗元宵》等。该词牌有平韵和仄韵两体。戴复古此词为平韵体，双调四十九字，上片六句三平韵，下片五句三平韵；仄韵体又名《陇头月》，双调四十九字，上片六句三仄韵，下片五句两仄韵。

当时的南宋正值"山河破碎风飘絮"之际，统治者苟且偷安，无心北伐，词人虽远离官场，然而抗金复国大业却时刻萦绕于心。每当登高之际，身世的飘零、社会的动荡、国运的衰微无不使其心生感慨。这首词便是一首登临遣怀之作。

词的上片快意豪迈，勾勒出了一幅波澜壮阔的洞庭秋色图。"袖剑飞吟"，从吕洞宾的传说写起，据《唐才子传》记载，吕洞宾曾在岳阳楼酣饮，醉后有诗"朝游南浦暮苍梧，袖里青蛇胆气粗。三入岳阳人不识，朗吟飞过洞庭湖"。词人浪迹江湖，足迹遍布大江南北，首句借吕洞宾自指，为整首词奠定了飘逸的基调。"洞庭青草，秋水深深"两句，由人及景。"深深"二字，看似轻描淡写，实则将八百里洞庭的苍茫浩渺、深沉寥廓尽收笔端。"万顷波光"继续放眼宽广的湖面，不禁让人想起张孝祥笔下的洞庭："玉鉴琼田三万顷，着我扁舟一叶。"接着，视角回到正在岳阳楼上眺望美景的词人身上。"岳阳楼上，一快披襟"，词人独立楼头，任凭风吹拂衣襟，好不快哉！

下片的情感转向低沉，在登山临水的快意之余，词人发起了兴亡之叹。"不须携酒登临。问有酒、何人共斟？"词人直言无须携酒登临，进而用设问表明原因——无人共斟。当时的上层人士，只知道流连光景，沉溺于声色酒杯间，将国家民族的命运置之身外，又如何能与词人开怀畅饮呢？一腔抱负既无法施展，又无人理解，无限落寞之情涌上心头。"变尽人间，君山一点，自古如今"，人间变换无穷，只有那一点君山从古至今岿然屹立，不改其貌。君山就是世事沧桑的见证者，见证了南宋王朝由盛到衰的全过程。此情此景，包含了词人无尽的孤寂感伤。

（撰稿：樊令）

冯 亮

　　主任播音员。河北广播电视台融媒体新闻中心新闻播音组组长，《河北新闻联播》主播，河北广播电视台首席播音员。

醉落魄·人日南山约应提刑懋之

魏了翁

无边春色。人情苦向南山觅。

村村箫鼓家家笛。祈麦祈蚕，来趁元正七。

翁前子后孙扶掖。商行贾坐农耕织。

须知此意无今昔。会得为人，日日是人日。

魏了翁（公元1178年—1237年），字华父，号鹤山，邛州蒲江（今属四川）人。南宋理学家。庆元进士。官至端明殿学士。谥号"文靖"，《宋史》有传。魏了翁穷经学古，在南宋后期与真德秀齐名。著有《鹤山全集》《九经要义》等，词集有《鹤山长短句》。

《醉落魄》，词牌名，即《一斛珠》，又名《怨春风》《醉落拓》等。正体双调五十七字，前后片各五句四仄韵。调名源于唐明皇李隆基与梅妃江采苹的故事。李隆基赠予梅妃珍珠，梅妃拒后作诗曰："长门自是无梳洗，何必珍珠慰寂寥。"后李隆基怅然不乐，令乐府依其腔以新声度之，并亲为谱曲，其曲极为沉郁。南唐后主李煜最早以之作词牌名。

魏了翁此词为人日，即正月初七这天，与友人应懋之同往南山探春而作，记述他们探春途中的所见所闻。

人日是古代非常重要的节日，人们会在这一天饮酒游乐，击鼓吹笛，祈祷农桑。在这个快乐吉祥的日子里，春色真是无边无际。词人此处提到的春色，当然不仅仅指自然世界的红花绿柳、紫蝶黄蜂，喜气洋洋、披红挂紫的人们也一起自发装点了春天的色彩。村村鼓声迭起，家家箫笛吹奏，如此斑斓繁盛的春景近在眼前，词人和友人还要到南山去寻觅。一个"苦"字，道出了他们对美好春日的执着追求。除了击鼓吹笛之外，人们还在正月初七这天祈祷麦子和春蚕的丰收。词人这里特意点出麦和蚕这两种关系到食与衣的代表性农产品，写出了农耕社会生产力落后的背景之下，人们朴素而真挚的情感。

词人作为南宋著名的理学家，对于礼教人伦的秩序极为重视，词作过片"翁""子""孙"的出场顺序也是一丝不苟。祖孙三代互相扶掖而行，正是敦伦守秩的场景。古人把"坐卖"叫"贾"，"行销"叫"商"。词人接着看到的是一组民生活动画面：商人在忙着做生意，农人在忙着耕织。古往今来，这些活动一直都是这样，遵循着社会发展的规律。如果人人都能领会其中的真理，那么往后的每一天都会像这个"人日"一样和谐了。这里魏了翁不经意间表露了他所憧憬的理想社会：民生无忧，人民幸福。

理学思想的影响，使得魏了翁这首词减少了一部分词应有的韵味，但全词古朴自然，平易真切，与农村风物相贴合，富于浓郁的生活气息，允称佳构。

（撰稿：樊令）

张丽敏

配音演员。代表作：译制片《泰坦尼克号》《阿甘正传》等，电视剧《美人心计》等，动画片《狐妖小红娘》等。

诵读人
冉迪

清平乐·五月十五夜玩月

刘克庄

风高浪快，万里骑蟾背。

曾识姮娥真体态，素面元无粉黛。

身游银阙珠宫，俯看积气蒙蒙。

醉里偶摇桂树，人间唤作凉风。

刘克庄（公元1187年—1269年），字潜夫，号后村，今福建莆田人。嘉定二年（公元1209年）因荫庇入仕，为将仕郎，历任靖安主簿、真州录事、帅司参议官、枢密院编修官等职。淳祐六年（公元1246年），赐同进士出身，官至工部尚书、建宁府知府。其词风受辛弃疾影响，多抒发爱国情怀，风格雄豪奔放，有《后村先生大全集》《后村别调》等传世。

　　这首词驰骋想象，畅游月宫，极富浪漫主义色彩，同时将自己忧国忧民的情怀寄寓其中。

　　上片写御风万里，飞向月宫。"风高浪快"，形容飞行速度极快；"万里骑蟾背"，蟾蜍指代月宫，飞过万里之遥，骑蟾背则表示已抵达月宫。词人纵横驰骋，跨云骑风，遨游星月之间。后二句"曾识姮娥真体态，素面元无粉黛"，"曾"字甚奇，意思是这并非词人首次造访月宫，嫦娥仙子已然是旧相识了。"素面元无粉黛"一语双关：一方面形容嫦娥体态，娇俏美丽，素颜不施粉黛；另一方面形容月色皓然，冰清玉洁。

　　下片写身在月宫，心系人间。前二句"身游银阙珠宫，俯看积气蒙蒙"，游历月宫，看见银色的宫殿，珠玉满堂，于此处俯瞰世间，浑然不清，只见尘雾蒙蒙。"积气"，化用《列子·天瑞篇》中的"天，积气耳"句。说明身居天上，俯望人间，如此遥远。结尾两句"醉里偶摇桂树，人间唤作凉风"，是全篇用力所在，亮出写作主旨。词人身在月宫，心系人间，醉中偶然摇动月宫桂树，在人间便成凉风，可解百姓暑热。如果把月宫看作朝廷的象征，那么词人其实是梦想身居庙堂，实现自己的政治抱负，有所作为，造福万民，为人间带来"凉风"。

　　这首词对遨游月宫的想象，有从苏轼《水调歌头》"我欲乘风归去，又恐琼楼玉宇"中脱胎的痕迹，但落脚点显然不同。苏轼写对人间悲欢离合的慨叹和思考，刘克庄写自己的政治理想和心系天下苍生的襟抱，而豪放的风格和浪漫的情怀，则一脉相承，可谓各擅胜场。

（撰稿：江合友）

冉　迪

　　北京广播电视台播音指导，中宣部"学习强国"学习平台播音朗诵专家团成员，中国传媒大学博士，70年70人·杰出演播艺术家。

沁园春·梦孚若

刘克庄

何处相逢，登宝钗楼，访铜雀台。

唤厨人斫就，东溟鲸脍，圉人呈罢，西极龙媒。

天下英雄，使君与操，余子谁堪共酒杯。

车千乘，载燕南赵北，剑客奇才。

饮酣画鼓如雷，谁信被、晨鸡轻唤回。

叹年光过尽，功名未立，书生老去，机会方来。

使李将军，遇高皇帝，万户侯何足道哉。

披衣起，但凄凉感旧，慷慨生哀。

此词大约作于淳祐三年（公元1243年）。词题"梦孚若"，其中"孚若"为词人的同乡好友方孚若，与词人一道有着抗金志气。史书记载方孚若刚正有气节，惜未能完成抗金宏志，郁郁而终。词人借此词悼念好友，兼抒发仁人志士怀才不遇、报国无门的幽愤。

上片叙述梦境，纯以虚写，笔势纵横，极富浪漫想象。词人梦中与友人畅游已被金兵占领的中原北地，登宝钗楼、访铜雀台，食东海长鲸之肉，骑西北"龙媒"宝马。二人意气风发，宛若当年的刘备与曹操，招揽各方贤才参与国事。这里，词人将自身与友人共同的抗金理想投射到梦境中，借梦境表现现实中未能完成之心愿，突出收复志向。

下片由梦境转入现实，以梦境与现实之巨大落差，抒发明主不逢、志士失路的悲慨。在词人与友人酣饮、鼓声齐鸣之际，词人突然被晨鸡从睡梦中唤醒，由梦境转入现实。"晨鸡"提示了时间，词人梦醒后感叹年华空逝、自身一事无成，同时对比梦境的美好，抒发现实之报国无门的悲愤。词人借李将军不遇明主的典故，叹息友人不得志而终，也感叹个人命运，在梦醒后的感伤情绪中结束全篇。

全词纪梦，虚实结合，互相照应，梦境的美好映照、凸显着现实的悲哀，历史典故的嵌入，也辅助着情感的抒发。词人对梦境、现实两层空间展开叙述，情感雄放而激切，显示出辛派词风。

（撰稿：陈骥）

田 磊

国家京剧院副院长，一级演员。曾荣获全国青年京剧演员电视大赛金奖、中国京剧艺术节金奖、中国戏剧梅花奖等。中宣部授予文化名家暨"四个一批"人才，第三届中国京剧之星。

扫描二维码，
收听宋词诵读

诵读人
尚远

北京广播电视台主持人、记者，北京曲艺家协会理事。现主持《戏迷乐》《空中笑林》等节目。演播作品：《胡同范儿》《夜火车》等。

金缕歌·陪履斋先生沧浪看梅

吴文英

乔木生云气。访中兴、英雄陈迹，暗追前事。

战舰东风悭借便，梦断神州故里。

旋小筑、吴宫闲地。

华表月明归夜鹤，叹当时、花竹今如此。

枝上露，溅清泪。

遨头小簇行春队。步苍苔、寻幽别坞，问梅开未。

重唱梅边新度曲，催发寒梢冻蕊。

此心与、东君同意。

后不如今今非昔，两无言、相对沧浪水。

怀此恨，寄残醉。

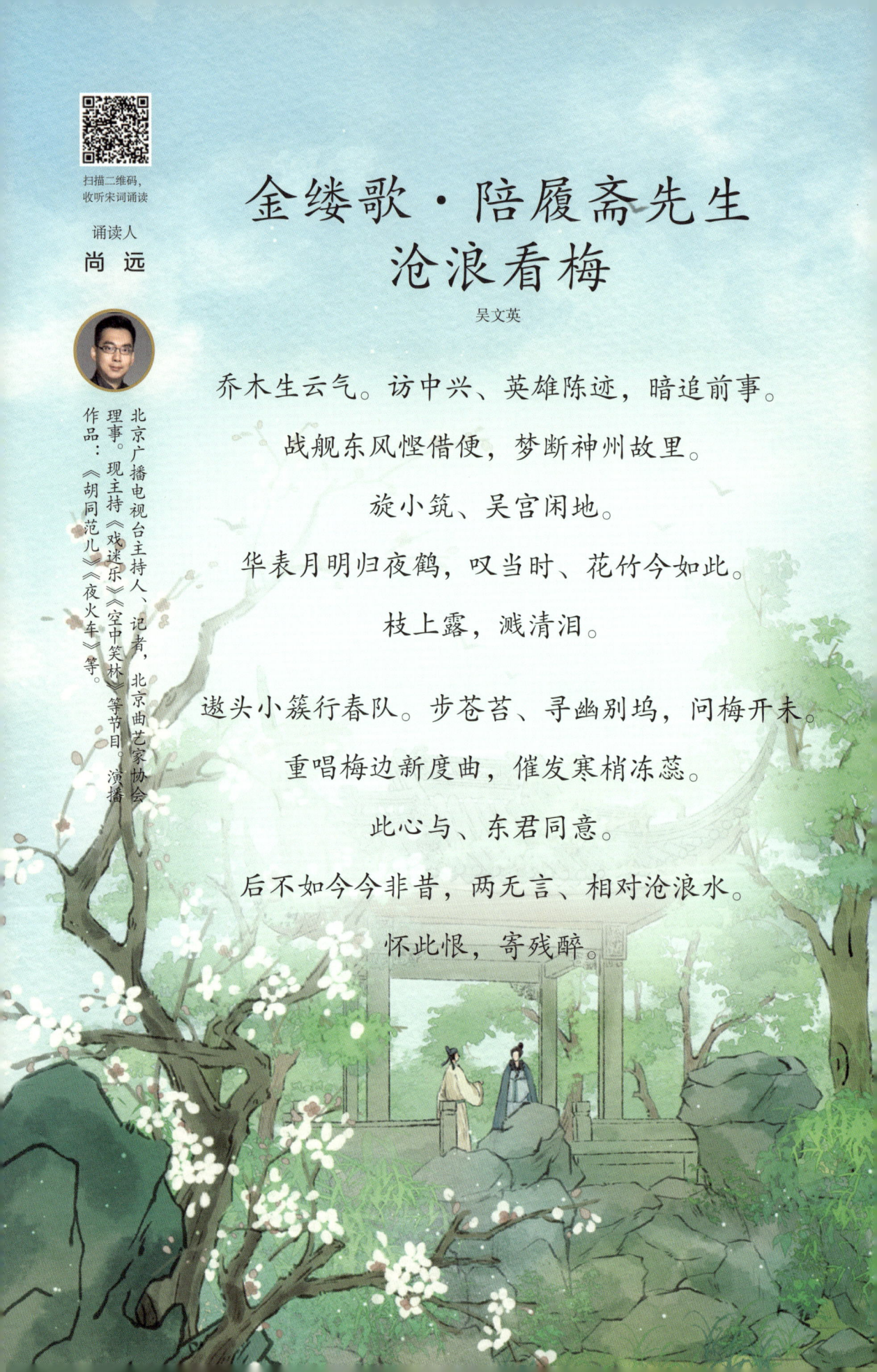

吴文英（约公元1212年—1272年），字君特，号梦窗，四明（今浙江宁波）人。其家世与生平事迹均不详，大多众说纷纭，莫衷一是。有些学者考证，吴文英本姓翁，过继为吴氏后嗣，可备一说。现从零星史料中唯一确定的是，吴文英终生不仕，只在苏州、杭州、越州一带游幕。

吴文英通音律，能自度曲，词名卓著。其词作擅长时空跳跃，常以流动的情感为线，措意深邃，造句精研，用字雕琢，蕴藉晦涩，有"词中李商隐"之称。著有《霜花腴词集》，已散佚不存。后世从旧钞本辑录吴文英词作三百四十余首，名为《梦窗甲乙丙丁稿》。

《金缕歌》就是《贺新郎》。

这首词是词人与履斋先生同游苏州沧浪亭看梅时，因所见所感而创作的。履斋先生就是南宋名臣吴潜，宋理宗时，他基于对朝廷军力和形势的判断，先后做出议和与请战的主张，却没能够力挽狂澜，挽救大宋于水火，就像两宋之际的韩世忠一样，遗憾难填。沧浪一带的园林恰好曾是韩世忠的旧园。这首词就以沧浪看梅作为媒介，将韩世忠与吴潜关联一处，绾合沧浪风光与历史、时事，表达出拳拳爱国之心。

上片以沧浪起，看梅作结，由沧浪写到前事与韩世忠。吴文英陪同吴潜来到沧浪亭，这里千年乔木直插云霄，但"所谓故国者，非谓有乔木之谓也，有世臣之谓也"，他不禁想起沧浪亭曾经的主人、南宋肱股之臣——韩世忠。建炎三年（公元1129年），完颜宗弼率十万大军跨长江南袭。在这危难之际，韩世忠挺身而出，仅率七千人就将完颜宗弼逼进黄天荡——一处断头水巷，令金军被困四十八天。当完颜宗弼用计闯出黄天荡时，韩世忠拟用战船追赶，却因无风不能前进，反倒遭金军火攻而伤亡无数。"战舰东风悭借便"说的就是这件事，从此韩世忠光复神州故里的梦想破灭了。在兵权被剥夺后，他退隐"吴宫闲地"——沧浪亭。相传丁令威成仙后化鹤归辽，落在华表柱上，感慨物是人非。想来韩世忠那份不舍的报国之心，会牵引着他魂归故地。看到如今的国势，他也要做出同样的感怀吧。那枝头的花露，或许就是他迸溅的泪珠。

过片紧承上片，从看梅起，以沧浪结，由看梅写到今朝，写到与韩世忠履历近似的吴潜。"邀头"是太守的别称，这里指吴潜。他们走过苍苔，寻找幽静的花坞，探访梅花。词人要在梅树边上唱出这首新创作的《金缕歌》，催发寒冬的花蕊。"寒梢冻蕊"喻指孱弱的朝廷，催发寒梅喻指希望大宋能够振兴。词人知道，他与吴潜心灵相通，也认为吴潜与韩世忠一样，有着深沉的爱国之心和建立功业的理想。只不过"后不如今今非昔"，国力日渐衰弱，今朝不如往时，后世也眼见不如今时，吴潜或防或战的建议只能随时势变更，不仅无法中兴大宋，甚至做不到像韩世忠那样得到困住敌军的机会，怕也将"梦断神州故里"。吴文英和吴潜相对无言，将漫漫的报国之志消弭在沧浪水中，将心中的遗憾放在清酒中，忧悒且沉醉。

有人说，吴文英的这首词很像辛弃疾的爱国词，有慷慨激昂、豪迈奔放之感。的确如此，但"后不如今今非昔"的绝望感、将国力比作"寒梢冻蕊"的凄凉感，都带有吴文英的个人气息，读时可以细细品味。

（撰稿：王贺）

闻鹊喜·吴山观涛

周密

天水碧，染就一江秋色。

鳌戴雪山龙起蛰，快风吹海立。

数点烟鬟青滴，一杼霞绡红湿。

白鸟明边帆影直，隔江闻夜笛。

周密（公元1232年—约1298年），字公谨，号草窗、蘋洲、萧斋，晚年号弁阳老人、四水潜夫、华不注山人。祖籍济南，后为吴兴（今浙江湖州）人。周密出生于官宦世家，其父周晋逝世后，因门荫而入仕，曾任两浙运司掾属、丰储仓检查、义乌知县等职，宋亡后隐居不仕。其词以宋亡为界，分为前、后两期。前期多游赏风月之作，后期则多抒发黍离之悲、身世之感。其词清丽典雅，结构严谨，与吴文英（号梦窗）齐名，并称"二窗"。词集有《蘋洲渔笛谱》《草窗词》，并编有《绝妙好词》。

《闻鹊喜》，调名见于《蘋洲渔笛谱》，即《谒金门》，周密因冯延巳同调词末句有"举头闻鹊喜"而改名。《谒金门》为唐代教坊曲，后改制为词调，其声情幽咽缠绵。双调四十五字，上、下片各四句，四仄韵。

这是一首咏钱塘潮的词。这个题材佳作甚多，潘阆《酒泉子（长忆观潮）》中的"弄潮儿向涛头立，手把红旗旗不湿"，苏轼《八声甘州·寄参寥子》中的"有情风万里卷潮来，无情送潮归"，辛弃疾《摸鱼儿·观潮上叶丞相》中的"看红旆惊飞，跳鱼直上，蹙踏浪花舞"，皆为脍炙人口的句子。周密此词也写出了自己的特色，因此跻身吟咏钱塘潮的名篇。

整首词围绕钱塘江潮来和去的过程来组织结构。上片写钱塘潮将来和正来的情景。起二句"天水碧，染就一江秋色"，化用王勃《滕王阁序》中的"秋水共长天一色"句，写潮水未来时，钱塘秋水与海天相接，一望青碧，平静而空阔。后二句"鳌戴雪山龙起蛰，快风吹海立"，写潮水正在到来时的场景。钱塘江大潮汹涌而来，气势惊人，好似大鳌背驮而行的雪山，又像乍从睡梦中惊起的海底巨龙，还像呼啸疾驰的海风将海水吹得直立起来一样。词人使用博喻修辞，连用三个比喻，展现潮水刹那奔来、排山倒海的宏大气势，形象地描绘出极其震撼的画面，令人仿佛身临其境。

下片写潮过风息，江上又是另一番景象。"数点烟鬟青滴，一杼霞绡红湿。白鸟明边帆影直"三句，词人的视线向上举起，观看高处和远处的景物。云雾缭绕间见青山几座，青翠欲滴；天边的红霞仿佛刚从机杼上织成，绚丽无比，因潮水喷涌而带有几分湿意；黄昏时分船儿航行，鸥鹭纷飞，鸟影和帆影相互映衬，美得相得益彰。"明边"，用杜甫《雨四首》（其一）"白鸟去边明"的诗意，指天边帆影与红霞白鸟相映。这三句色彩对比强烈，词人如同高明的画家，以青、红、白三种颜色绘制景物，构成一幅生动的山水画卷。末句"隔江闻夜笛"，以静结动，以听觉的描写收束全词，与以前的视觉描写形成对照。全词纯写景物，此时才点出景中有人，景中有我，是极有韵味的。隔江而能听到笛声，可见风平浪静，万籁俱寂。写闻笛，其实仍是写钱塘江水。可谓余韵无穷，似断犹连。

这首词描绘了"观涛"的全过程，有声有色，变化多端，由极静到极动，又从极动恢复到极静，在如此短小的篇幅中容纳了剧烈动荡的变化过程，却不显得局促和勉强，而有尺幅千里的效果，词人笔力之强，令人叹为观止。

（撰稿：江合友）

酹江月·和友驿中言别

文天祥

一级演员。获梅花奖、文华奖、金狮奖，全国儿童剧调演评比优秀表演奖，国际戏剧学院奖最佳配角奖等。

乾坤能大，算蛟龙、元不是池中物。

风雨牢愁无着处，那更寒蛩四壁。

横槊题诗，登楼作赋，万事空中雪。

江流如此，方来还有英杰。

堪笑一叶漂零，重来淮水，正凉风新发。

镜里朱颜都变尽，只有丹心难灭。

去去龙沙，江山回首，一线青如发。

故人应念，杜鹃枝上残月。

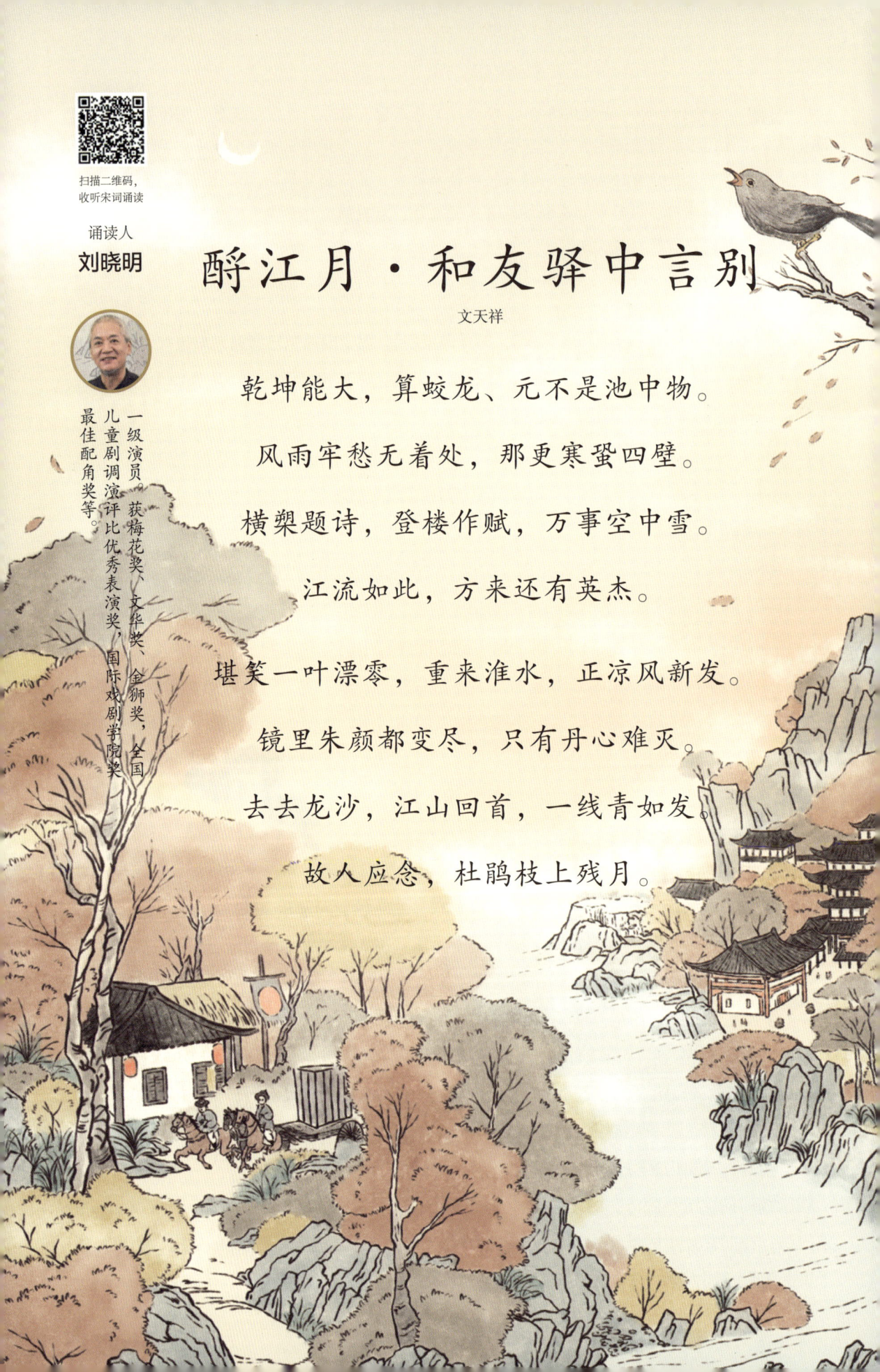

文天祥（公元1236年—1283年），原名云孙，字履善，后更名天祥，字宋瑞，号文山，吉州庐陵（今江西吉安）人。宝祐四年（公元1256年）举进士第一。德祐元年（公元1275年），元兵东下，文天祥组义军入卫临安，次年任右丞相出使元军议和被扣留，逃脱后投奔端宗，历经转战，次年于广东五坡岭被俘。他拒绝了元将多次诱降，被押送至大都囚禁三年，誓死不屈，从容就义，终年四十七岁，明代追赐谥号"忠烈"，著作经后人整理辑为《文山先生全集》。

这首词是文天祥被押北上途中所写。途经金陵时，一路同行的好友邓剡因病暂留当地就医，文天祥则被迫继续北行。临别时邓剡用苏轼"大江东去"词韵作《酹江月·驿中言别》赠给文天祥，文天祥以此词回赠，与好友告别。

虽然人在押解途中，词的开篇依然满怀丰沛的热情："乾坤能大，算蛟龙、元不是池中物。"这个"能"字通"恁"，意思是乾坤世界如此之大，英雄终不是能被一时窘境困住的。第二韵写的是此时的心境，"风雨牢愁无着处，那更寒蛩四壁"——"寒蛩"指虫子的叫声，岳飞的《小重山》中有一句"昨夜寒蛩不住鸣"，写壮志难酬的不甘，与文天祥此时的心境是很相似的。《酹江月》原韵取自苏轼的《念奴娇·赤壁怀古》，文天祥回想往事，就也用了三国的典故，"横槊题诗，登楼作赋，万事空中雪"。"横槊题诗"的是曹操，"登楼作赋"的是王粲，二者一武一文，一是英雄作为，一是个体感遇，写尽乱世群像，但最终，"万事空中雪"——他们都消失在了历史中。"江流如此，方来还有英杰"，"方来"就是将来。词人相信，历史长河滔滔，英雄人物辈出，即使我们无力作为，他日也一定还有来者。

下片换头，回归到了现实处境，"凉风新发"，秋日已至，文天祥自嘲前途如秋叶，马上要被吹落了。为什么说"重来淮水"呢？这是因为文天祥两年前从敌营中逃脱后，曾在淮水间数次与敌骑相遇，惊险万端，历尽艰难才得以南下抗元。如今故地重蹈，却是以囚徒身份被押回，当然心生感触，但即使如此，他也并没为当初而后悔。"镜里朱颜都变尽，只有丹心难灭"——即使容颜老去，壮志难酬，但一颗报国的丹心却永远不会改变。金陵地处昔日南宋疆界，过了此地，就是彻底离开故土了。文天祥知道此去再也难以回归中原，忍不住想回头再看一看，"去去龙沙，江山回首，一线青如发"。回望江山，用了苏轼的"青山一发是中原"的典故，写尽了他对故国的眷恋。但再眷恋，也还是要被迫启程，最后一韵，就是出发前留别好友邓剡的"故人应念，杜鹃枝上残月"。杜鹃，传说是古蜀王杜宇所化，因心恋故国而昼夜啼鸣。同期文天祥有一句诗，"从今却别江南路，化作啼鹃带血归"，就是说自己舍不得故土，他日死后，会化作杜鹃飞回来，这也预示着他此去必死的决心。

文天祥的词作是宋代最后的一颗明星，王国维曾说："文山词，风骨甚高，亦有境界。"其中的风骨与境界，正是由来于他光明坦荡的人格魅力。

（撰稿：李让眉）

霜天晓角·梅

萧泰来

千霜万雪。受尽寒磨折。

赖是生来瘦硬，浑不怕、角吹彻。

清绝，影也别。知心惟有月。

元没春风情性，如何共、海棠说。

萧泰来（生卒年不详），字则阳（一作阳山），号小山，临江（今重庆忠县）人。宋理宗绍定二年（公元1229年）进士。为抚州军事推官，知新昌县。擢监察御史，迁起居郎。宝祐元年（公元1253年），出知隆兴府。代表作有《小山集》，已佚。《全宋词》收词两首。

《霜天晓角》，词牌名，又名《月当窗》《踏月》《长桥月》等。以林逋"冰清霜洁"阕为正格。双调四十三字，上片四句三仄韵，下片五句四仄韵。平仄二体皆有。

这是一首咏物词。咏物词的高境在于若即若离，有所寄托，乍看笔笔在写所咏之物，细思则笔笔不离词人自己。这首咏梅词显然就做到了这一点。

且看他起手："千霜万雪。受尽寒磨折。"来势凶猛，一个"寒"字，勾连"霜""雪"两个意象，语词内部处理得十分妥当，道出梅花"凌寒独自开"的境况。方才起笔，词势即一跌，然而下一笔便忽然精神高昂："赖是生来瘦硬，浑不怕、角吹彻。"面对严酷的环境，梅并不怨天尤人，一点儿也不害怕在乐音中被风吹落。词人定下"瘦硬"二字，极为允当，既是在写梅的外貌，更是在写梅的品格。"赖是"两字冠于句首，则平添一股贞刚之气。"浑不怕、角吹彻"，《梅花落》乃古曲名，此句用之，如撮盐入水，不见痕迹。且在上片歇拍处，在读者心中留下一段回味无穷的乐音，达到一种"余音绕梁"的效果。

如果说上片重在描画梅的外貌——"瘦硬"，以及梅的外部环境——"千霜万雪"的话，下片便重在描写其内在的神韵和品格。"清绝，影也别"，一个"清"字还不够，还要补一个"绝"字，而这也还不够，"影也别"，连枝影都拔俗独立，这又转进一层了。五字两韵，翻出两层，音节十分流利。"知心惟有月"，阳春白雪，和者必寡，清绝如梅者，大概只有同样孤清的明月才能理解此心。有"月"才能有"影"，故而这里的物象勾连也很恰当。下片这三句一气吐出，却间有波澜，陆辅之《词旨》将此三句目为"警句"，是有眼光的。"元没春风情性，如何共、海棠说。"这又是一典了，出自《云仙杂记》所引《金城记》，黎举常云："欲令梅聘海棠、枨（橙）子臣樱桃，及以芥嫁笋，但恨时不同耳。"词人这里却反弹琵琶，说梅不与海棠同流，不仅是由于"时不同"的客观限制，更是因为梅自身"元没春风情性"的高洁品格。

全词上片重貌、下片重神，层次俨然，笔法灵动，表现了词人孤清不俗的高尚情志。

（撰稿：樊令）

李 玲

北京广播电视台新闻广播主持人，《北京新闻》《主播在线》主播。曾获"听众喜爱的优秀主持人"奖、"广播好声音"。

后　记

青少年朋友们：

大家好！

当你们翻开这本书的最后一页时，希望你们的心中不仅留下了100首经典宋词的绝美词句，更收获了一份对中华优秀传统文化的热爱与敬畏。

宋词作为中国文学史上的一颗明珠，承载着千年的文化韵味与情感智慧。它如同一幅细腻的画卷，用文字勾勒出那个时代的喜怒哀乐、山川风物；又似一曲悠扬的乐章，以韵律诉说着古人的悲欢离合与家国情怀。书中的100首经典宋词涵盖了从婉约到豪放的多种风格，从爱情到家国的丰富主题。从王禹偁的清新旷远到范仲淹的深沉壮阔，从柳永的浅斟低唱到岳飞的激昂高歌，从李清照的凄美哀怨到辛弃疾的壮志豪情……每一首词都是一扇窗，透过它可以窥见古人的内心世界；每一首词也都是一条路，引领你们走向历史深处，感受文化的魅力。

在这段阅读之旅中，你们或与苏轼一同醉卧于"照野弥弥浅浪，横空隐隐层霄"的春夜溪边，与欧阳修共赏"轻舟短棹西湖好，绿水逶迤"的闲适画卷，与李之仪一同品味"日日思君不见君，共饮长江水"的深情与哀怨……宋词不仅是一种文学形式，更是一种生活态度。它教会我们在纷繁复杂的世界中保持内心的宁静，在困境中找到希望，在平凡的生活中发现美好。

中国宋庆龄基金会和中国广播电视社会组织联合会编辑这本《未来讲堂——经典宋词诵读与赏析》，将最经典的词句与最优美的声音有机结合，就是希望它能成为广大青少年与宋词之间的一座桥梁，在阅读中感受宋词的魅力，在学习中领悟宋词的智慧。让我们传承经典，引领未来！

是为后记。

图书在版编目（CIP）数据

未来讲堂：经典宋词诵读与赏析 / 中国宋庆龄基金
会，中国广播电视社会组织联合会编 . -- 北京：中国和
平出版社，2025. 4. -- ISBN 978-7-5137-3034-1

Ⅰ. Ⅰ222.844

中国国家版本馆 CIP 数据核字第 2025H4K022 号

未来讲堂——经典宋词诵读与赏析
WEILAI JIANGTANG —— JINGDIAN SONGCI SONGDU YU SHANGXI

中国宋庆龄基金会
中国广播电视社会组织联合会 编

责任编辑	杨 隽　张 冉　高玮齐
文字编辑	罗 敏　许宁宁
美术编辑	孙文君
特约编辑	樊 令
插图绘制	万梦圆　卞靓玲　朱如意　许 蕾　罗 玲　（按姓氏笔画为序）
责任印务	魏国荣
出版发行	中国和平出版社（北京市海淀区花园路甲 13 号院 7 号楼 10 层　100088）
	www.hpbook.com　　bookhp@163.com
出 版 人	林 云
经　　销	全国各地书店
印　　刷	北京瑞禾彩色印刷有限公司
开　　本	787mm×1092mm　　1/16
印　　张	13.25
字　　数	229 千字
版　　次	2025 年 4 月第 1 版　 2025 年 4 月第 1 次印刷
书　　号	ISBN 978-7-5137-3034-1
定　　价	98.00 元